Karin Heisig ° Der Wawittel
Warum in Wartenberg ein Drache lebt

AF285600

Impressum:
© 2009 Karin Heisig
2. Auflage
Herstellung und Verlag: Books on Demand GmbH
Norderstedt
ISBN 978-3-8391-1933-4

KARIN HEISIG

Der
Wawittel

**Warum in Wartenberg
ein Drache lebt**

Für Manfred, Sascha und Patrick –
mögen die Wurzeln eurer Heimat stets
erhalten bleiben!

Sommer 2009

Lärm riss Wawittel aus dem Schlaf. Über seinem Kopf erklang das Poltern vieler Füße auf dem schweren Holzboden und schien kein Ende nehmen zu wollen. Er gähnte und hob den Kopf in dem dunklen Kellergewölbe. „Was ist denn jetzt schon wieder?" brummte er, ungehalten über die Störung. „Kann man denn hier nicht einmal in Ruhe schlafen?" Endlich verstummte das Trampeln der Füße und es kehrte wieder Stille ein im alten Wittelsbacher Jagdhaus.

Still war es hier, das konnte auch der wegen der Störung noch griesgrämige Wawittel nicht leugnen. Gerade deshalb hatte er auch gehofft, für einige Monate die Augen schließen und ausgiebig schlafen zu können. Das alte Haus, das einst Herzöge und Kurfürsten während ihres Jagdaufenthalts in Wartenberg beherbergte, war im Laufe der Jahre vielen Veränderungen unterworfen. Doch es stand noch – im Gegensatz zu der Burg, die einst auf dem Berg stand und in der er gelebt hatte. Nach deren Abriss hatte Wawittel sich in einem Kellerversteck des Jagdhauses niedergelassen. Sicher, es hatte auch hier unruhige Zeiten gegeben, so diente das Haus viele Jahre als Schule für die Wartenberger Kinder und still war es da nur während der Ferien. Manche Bau- oder Renovierungsarbeiten raubten ihm oft monatelang den Schlaf. Zuletzt waren Künstler mit ihren Kindern in die großen Räumen gezogen, doch darüber hatte sich Wawittel nicht gegrämt. Mit den

Kindern hatte er oft gespielt. Ihr Versprechen, den Erwachsenen nichts von ihm zu erzählen, hatten sie auch immer eingehalten. Vor einigen Jahren waren auch sie ausgezogen und seitdem hatte Wawittel Ruhe in Hülle und Fülle. Manchmal ein bisschen zu viel davon. Dennoch, im großen und ganzen war Wawittel mit der Wahl seiner Behausung sehr zufrieden.

Unruhig wälzte er sich von einer zur anderen Seite. Der Schlaf wollte sich nicht wieder einstellen. ‚Ich sollte wohl besser aufstehen und schauen, wie spät es ist' dachte er bei sich. Langsam rappelte er sich von seinem Lager hoch und stemmte eine große und schwere Eisenplatte, die versteckt hinter einem großen Kamin angebracht war, zur Seite.

Im Kellergewölbe des Hauses kam er heraus und er brauchte eine Weile, um sich zurechtzufinden. Alles hatte sich verändert. Früher standen hier Fahrräder und Kinderspielsachen, auch einige Leinwände und unfertige Statuen waren dort eingelagert worden. Jetzt war der Raum kahl und leer. Durch ein kleines Kellerfenster fielen Sonnenstrahlen. Wawittel ging die enge Treppe hinauf in das Erdgeschoss, schob den schweren Riegel der Tür zur Seite und trat hinaus auf die Wiese. Die Sonne traf ihn mit voller Wucht, so dass er die Augen fest zusammenkneifen musste. Es war Sommer! Die Bäume waren grün und der Duft von Wiesenblumen wehte zu ihm herüber. Als er langsam die Augen einen Spalt öffnete, sah er den Ort Wartenberg unter sich liegen.

Es sah fast aus, wie beim letzten Mal. Nur einige neue Baugebiete, so schien es ihm, waren hinzugekommen. Sein Blick, inzwischen weit offen, schweifte über das Land und er dachte zurück an eine Zeit, die er nur aus Erzählungen kannte, weil er damals noch nicht geboren war.

Kapitel 1

Vor ferner Zeit

Drache Adalbert schwang sich hoch in die Lüfte und betrachtete dabei das Land, das unter ihm auf der Erde lag. Er war schon seit Wochen unterwegs und hatte dabei Berge und Seen, Wälder und Wiesen überflogen. Jetzt sah sein scharfer Blick sanfte Hügel und sattfarbene, dunkelgrüne Wälder. Dazwischen schlängelten sich kleine Flüsse, deren klares Wasser sich zwischen dem dichten Schilf oft kaum mehr ausmachen ließ. ‚Ob ich wohl jemals ein Weib finden werde?' fragte er sich nun wohl schon zum tausendsten Mal. Er seufzte. Da war er nun einer der letzten Drachen auf dieser Welt. Seine Familie hatte er verlassen, denn dort gab es nur noch seine Geschwister und deren Partner. Wenn er überhaupt eine Frau finden wollte, musste er auf die Suche nach ihr gehen.

Seit er denken konnte, machten die Menschen Jagd auf die Drachen. Sie nannten sie „Ungeheuer" und hatten Angst vor ihnen, dabei war ein Drache eigentlich ein friedliebendes Wesen. Nur wenn es angegriffen wird oder Angst um das Leben seiner Liebsten haben muss, wird es zum gnadenlosen Kämpfer. Aber das haben die Menschen nie kapiert. Erbarmungslos machten sie Jagd auf die großen vermeintlichen Ungeheuer und nun gab es kaum mehr Drachen. Adalbert war bereits 300 Jahre alt und damit fast ausgewachsen. Noch nie hatte er einen anderen Drachen gesehen, als diejenige, die er aus seiner Familie kannte. Niemals kreuzte ein anderer aus Zufall seinen Weg. ‚Vielleicht gibt es wirklich keine Drachen mehr?' dachte er und seufzte wieder.

Im gleichen Moment hörte er ein erbärmliches Jammern, begleitet von lautem Klirren und Männergeschrei. Das Wimmern, das hörte er sofort, kam von einem Artgenossen. „Ein Drache!" Sofort flog Adalbert inmitten des Geschehens. Die Geräusche kamen von einem nahen Hügel, auf dem ein einsamer Wachturm stand. Auf der großen Wiese vor dem Turm kämpfte ein Mensch gegen einen Drachen, der kaum größer war als sein Gegner. Der Drache war eindeutig der Unterlegene, mit seinem Schwert hatte der mit einer Rüstung gepanzerte Mensch ihm bereits tiefe Wunden beigebracht. Adalbert musste handeln und zwar sofort. Er stürzte zwischen Ritter und Drache auf den Boden und schlug den Ritter zur Seite. Dieser rappelte sich auf, verwirrt, weil der Angriff so plötzlich gekommen war. Doch ehe er sein Schwert gegen Adalbert richten konnte, hatte dieser einen kräftigen Feuerschwall ausgeblasen. Der Ritter, von der heißen Luft getroffen, fing in seiner Ritterrüstung an zu hüpfen und zu hopsen. Das Eisen der Rüstung hatte sich schlagartig aufgeheizt und der Ritter glaubte darin gekocht zu werden. Er schlug sich sofort hinter die Büsche und versuchte dabei hastig seine Rüstung loszuwerden. Doch Adalbert würdigte ihn schon keines Blickes mehr.

Während der Ritter an seinem Brustpanzer zerrte und dabei hysterisch im Kreis lief, wandte sich Adalbert zu dem verwundeten Drachen um. Zusammengerollt lag dieser auf dem Boden und rührte sich nicht mehr. Lebte er überhaupt noch? „Hallo du" fragte Adalbert mit besorgter Stimme, „wie geht es dir?" Langsam öffneten sich die Lider des Drachens. Der Blick, der Adalbert aus diesen hellen grünen Augen traf, ließ ihn erschauern. Als er begriff, was er sah, glaubte er zu träumen: das war kein Jungdrache, wie Adalbert wegen der geringen Größe geglaubt hatte, sondern eine zierliche Drachenfrau! Durchdringend sahen ihn ihre faszinierenden Augen an. Er las die Angst in ihnen. „Wer bist du," flüsterte sie und dann mit matter Stimme „wo warst du bloß so lange?" Dann schlossen sich ihre Augen wieder und ihr Körper erschlaffte. Adalbert hob sie hoch – sie war leicht wie eine Feder - schwang sich in die Lüfte und brachte sie in einen kleinen, dichten Wald am Rande des Hügels. Im Schutz der Bäume legte er sie sanft in das auf dem Boden liegende weiche Laub und begann, ihre Wunden zu pflegen.

Vergessen war dabei der Ritter, der noch immer mit seiner heißen Rüstung kämpfte - Adalbert hatte Margarot gefunden.

◊

Adalbert rettet Margarot

Der Winter bedeckte das Land mit einem weißen Tuch. Adalbert und Margarot, die sich inzwischen vollständig von ihren Wunden erholt hatte, verbrachten die meiste Zeit des Tages in einem verlassenen Raum des Wachturmes. Dort hatten sie ein ideales Versteck gefunden. Die Menschen haben sie seit dem verhängnisvollen und doch so glücklichen Tag an dem Adalbert seine Margarot gefunden hatte, in Frieden gelassen. Adalbert machte sich große Sorgen. Die Menschen wussten, dass auf dem Berg Drachen lebten, dafür hatte der Ritter sicher bereits gesorgt. Es schien ihm nur eine Frage der Zeit zu sein, bis sie angegriffen wurden. Doch – und Adalbert schmunzelte bei dem Gedanken - der Ritter selbst würde sich wohl nicht mehr trauen, ihm zu Nahe zu kommen. Bestimmt hatte er ebenso lange gebraucht wie Margarot, bis die Wunden, die ihm Adalbert durch die heiße Luft zugefügt hatte, wieder heilten. Und das war gut so. Adalbert war immer noch wütend, wenn er daran dachte, wie lange er um Margarots Leben kämpfen musste. Sorgfältig hatte er die Wunden gereinigt und mit Heilpflanzen bestreut. Nur langsam war Margarot wieder zu Kräften gekommen und so manche Nacht hatte Adalbert an ihrem Lager um ihr Leben gezittert.

Er blickte hinab auf die Siedlung der Menschen am Fuß des Berges. Zwischen dem kleinen Fluss, der von den Menschen Stroh- oder Streuwasser genannt wurde (die spätere Strogen) und dem Berg war ausreichend Platz für ihre Höfe. Die Menschen mit ihrem keltischen

Ursprung waren robust und fleißig. Oftmals beobachte Adalbert sie dabei, wie sie auf ihren Feldern Gerste, Hafer, Roggen oder Weizen anbauten. Vor ihren Höfen tummelten sich die Schweine und Hühner. Adalberts Blick schweifte über das Land. Da, zu seiner Rechten, sah er den Flecken Langenpreising. Vor ihm, etwas weiter entfernt, konnten seine scharfen Augen die Lerner Gegend ausmachen. Und etwas weiter nach links siedelten die Altenerdinger, doch das war von hier aus kaum zu erkennen. Manchmal konnte er den Rauch ihrer Feuerstätten emporzüngeln sehen. Dazwischen lagen viele kleine Gehöfte. Unten in der Siedlung der Wartenberger hörte er eine Frau singen. Es war eine Magd, die vor einem der Höfe ein Huhn rupfte. Sie trällerte ein glückliches Liebeslied. Bestimmt galt es ihrem Liebsten.

Margarot – zärtlich wandte sich Adalbert der Drachenfrau an seiner Seite zu. Wie lange hatte er nach ihr gesucht. Und nun endlich hatte er sie gefunden. Niemals würde er sie wieder verlassen, das schwor er sich. Die zierliche Drachenfrau mit den grünen Augen hatte ihm erzählt, dass auch sie schon viele Jahre alleine gewesen sei. Ihre Eltern und Geschwister waren von den Menschen getötet worden und sie war der Meute damals nur entkommen, weil sie in einer Höhle schlief, als der Angriff erfolgte. Die anderen hatten keine Chance gehabt, zu entkommen. Alleine, verlassen und verzweifelt war sie damals über das Land geflogen und erst auf dieser Hügelkette gelandet. Das Land erschien ihr so ruhig und friedlich. Zwar waren auch hier schon die ersten Siedler am Fuße des Hügels angekommen, doch es waren nur wenige und so sie hatte sie sich vor ihnen verbergen können. Vor einiger Zeit hatten die Menschen einen Wachturm auf den Hügel gebaut. Seither war sie nun einige Male von Einzelnen gesehen worden und sie wusste, dass die Menschen Angst vor ihr hatten. Der Angriff des Ritters war jedoch der erste, den sie hier erleben musste. „Wo sollen wir hin?" fragte sie Adalbert angstvoll. Aber auch er wusste keine Antwort. „Solange wir uns hier im Wald verstecken können und den Menschen aus dem Weg gehen, dürften wir sicher sein" sagte er mit zuversichtlicher Stimme. Sie fügten ja niemanden Schaden zu. Selten erlegten sie ein Wild im Wald. Die Nutztiere der Menschen verschonten sie sogar gänzlich um diese nicht gegen sich aufzubringen. Doch die Hunde der Menschen knurrten jedes Mal verräterisch, wenn sie nahe an dem versteckten Lager der beiden am Wachturm vorbeiliefen. Adalberts Zuversicht war jedoch nur gespielt. Doch seit die Menschen beinahe überall siedelten, war es für die Drachen schwierig geworden, eine neue Heimat zu finden. Und die Gegend hier war so schön, dass Adalbert sie auch nur ungern hätte verlassen wollen. Der Himmel war im Sommer weiß-blau, die Felder und Wiesen fruchtbar. Die Flüsschen führten klares Wasser und die Laubwälder, die im Sommer sattgrün blühten, trugen im Herbst ein buntes Kleid in kräftigen roten und orangen Farben. Das Wild in den Wäldern war gut genährt. Der

Wartenberg, der inzwischen wegen dem Wachturm, der Warte, so genannt wurde, war eine ideale Heimat für ihn und seine Frau. ‚Und vielleicht auch bald für einen Sohn' wünschte sich Adalbert innigst und wandte sich wieder seiner Margarot zu.

◊

Wawittel – nun richtig wach und ausgeschlafen – machte sich während der Nacht vorsichtig auf den Weg in den Wald. Dazu musste er fliegen, denn inzwischen war das Jagdhaus von einem dichten Straßennetz umgeben und überall wohnten Menschen, die auch noch nachts unterwegs waren. Er hob also ab in die Lüfte und flog über die Häuserdächer hinweg, vorbei an der Nikolaikapelle, ganz tief in die Wälder des Erdinger Holzlandes. Weiter wollte er sich nicht entfernen, er würde auch hier Kleinwild finden, das seinen Hunger für viele Monate wieder stillte. Manchmal flog er auch in den Bayerischen Wald oder in die Alpen. Auch hatte er dort Gegenden gefunden, die so abgelegen und alleine lagen, dass er, würde er dort leben, weniger Angst vor Entdeckung haben müsste. Doch Wartenberg war seine Heimat. Hier wollte er alt werden und irgendwann auch sterben. Schließlich war er nun schon ein alter Herr, viele hundert Jahre alt. Niemals hatte er einen anderen Drachen getroffen. Die Prophezeiung seines Vaters war eingetroffen. Nach dem Tode seiner Eltern gab es keine

Drachen mehr. Wawittel war der letzte seines Geschlechtes.

Am nächsten Morgen, Wawittel hatte es sich wieder in seinem Versteck im alten Jagdhaus bequem gemacht, war erneut das Trampeln vieler Schritte zu hören. Kinderlärm drang zu ihm hinunter. „Kinderstimmen?" Wawittel spitzte seine Ohren. Schon längst hatte er dieses angenehme Geräusch nicht mehr gehört. Viel zu lange schon waren keine Kinder mehr in die alten Mauern gekommen. Und jetzt gleich so viele? Neugierig schlich sich Wawittel aus seinem Versteck. Nur einen Blick wollte er auf die Kinder erhaschen.

Patrick und Sascha hatten sich heimlich von den anderen Kindern der Klasse abgesetzt. Auch ihr Lehrer bemerkte ihr Fehlen nicht, er war völlig damit beschäftigt, von dem Haus zu erzählen. So eine öde Besichtigungstour. Dabei kannte Sascha das Haus schon von früher, als seine Freunde, die Künstlerkinder, dort noch wohnten. Damals hatten sie viel Spaß darin. Das alte Haus war nämlich ein idealer Ort zum Spielen. Allerdings war er nicht in allen Räumen gewesen. So hatten die Künstler in einigen davon ihre Malateliers, dort standen Staffeleien und Bilder, Farben und Pinsel. In den anderen Räumen hatten sie ihre Kunstwerke deponiert. Hier durften die Kinder nicht hinein, denn dort hätten sie Wertvolles zerstören können. Aber abends, wenn der Vater den Grill angeworfen hatte, durften sie in dem großen Garten zelten. Sein Freund erzählte ihm dann manchmal Schauermärchen von einem Drachen, der im Keller wohnen sollte. Aber zeigen konnte er ihn Sascha niemals. Sascha glaubte daher nicht an das Märchen. Aber es schadete ja nicht, seinem Bruder Patrick ein wenig Angst einzujagen. „Weißt du, dass es hier einen Drachen gibt?" fragte er ihn daher scheinheilig. „Einen Drachen? So ein Quatsch!" „Nein, wirklich, er lebt hier und manchmal kommt er heraus und schnappt sich kleine Kinder!" Aber Patrick ließ sich nicht ins Bockshorn jagen. Er tippte sich mit dem Finger deutlich an die Stirn. Wer glaubt denn schon an solche Märchen?

Hinter ihm erklang nun das Trappeln vieler Füße. Die Klassen kamen nun im Garten an. Schnell versteckten sich Sascha und Patrick im alten Fahrradkeller. Zu dumm, wenn sie jetzt vom Lehrer gesehen würden. Der Keller war zwar leer, aber dunkel. Langsam tasteten sie sich voran. Da vorne war eine Tür, wenn sich diese öffnen ließe, könnten sie vielleicht über das Treppenhaus von hinten wieder unbemerkt an die Klasse anschließen. Gerade als sie an den Türgriff fassen wollten, ließ sie ein leises Schnauben hinter ihrem Rücken aufhorchen. Erschrocken fuhren sie herum. Was war das? Das .... da leuchteten zwei grüne Augen in der Dunkelheit! Saschas Hand tastete nach dem Lichtschalter. Endlich hatte er ihn gefunden. Er drückte den Knopf, das Licht ging an und .....! Sie starrten auf einen Drachen! Noch ehe sie zu einem Schrei ansetzen konnten, hob der Drache jedoch seine Hand und bedeutete ihnen mit einem leisen „Pst" ruhig zu sein.

Die Kinder schluckten stumm. „Hallo," sagte da der Drache „ich bin Wawittel und wer seid ihr?"

Sascha und Patrick konnten es nicht fassen. Stumm blinzelten sie sich an. Ein lebender Drache der auch noch sprechen konnte? Gab es das? Waren sie vielleicht verrückt geworden? Aber offenbar sahen sie beide dasselbe. „Keine Angst," sagte der Drache nun, „ich tue euch nichts. Aber ihr dürft mich nicht verraten!" „Verraten?" fragte Sascha und räusperte sich, denn seine Stimme klang plötzlich eigenartig piepsig. „Ja, denn wenn die Menschen mich hier entdecken, werden sie mich töten oder zumindest verjagen. Und wo soll ich dann hin? Hier ist doch meine Heimat!" „Du wohnst hier?" „Ja, aber sicher. Hast du denn noch niemals etwas von dem Wartenberger Drachen gehört?" Sascha überlegte. Das war richtig. Der Wartenberger Drache war ein bekanntes Symbol. Er war auf dem Tympanon über der Eingangstür der Nikolaikapelle zu sehen, wo er zusammen mit einem Löwen den Lebensbaum bewachte. Das wusste Sascha, weil er gerne auf der Anhöhe spielte, auf der die Kapelle stand. Auch im Wartenberger Wappen gab es einen Drachen und sogar die Schule hatte einen kleinen Drachen in ihrem Logo. „Das bist du?" fragte Patrick neugierig. „Ja, das bin ich. Denn ich lebe hier schon seit ewiger Zeit. Die alten Menschen kennen mich nicht, aber einige Kinder haben mich schon gesehen. Deswegen gab es schon immer Geschichten und Mythen über einen Drachen in Wartenberg."

In diesem Moment knarrte eine im Erdgeschoss eine Tür. Sascha hörte den Lehrer nach ihnen rufen. „Sascha, Patrick, seid ihr hier?" „Ihr müsst gehen," bat der Drache „sie dürfen mich hier nicht entdecken!" „Dürfen wir wiederkommen?" fragte Patrick, dem der große Drache jetzt gar keine Angst mehr machte. Wawittel sah nämlich eher gemütlich als gefährlich aus. Der dicke Bauch des roten Drachens schob sich nur wenige Zentimeter über den Boden, die grünen Augen blickten freundlich und warm. Im Moment aber eher ängstlich. „Ja, ihr dürft gerne wiederkommen, solange ihr niemanden von mir erzählt!" „Logo!" riefen da die Kinder und schlüpften nun schnell ihrem Lehrer entgegen, eher dieser in den Keller kommen konnte.

„Da seid ihr ja", schimpfte der Lehrer, der schon seit 10 Minuten nach den beiden Brüdern gesucht hatte. „Ihr habt die Führung verpasst – ich hoffe, ihr denkt daran, dass das Thema für den Aufsatzwettbewerb ‚Das Jagdhaus und die Wittelsbacher' heißt!" Die beiden Buben sahen sich überrascht an. „Oh je, daran haben wir gar nicht gedacht" flüsterte Patrick seinem Bruder zu. „Vielleicht können uns die anderen sagen, was erzählt wurde" hoffte Sascha. Aber die anderen Kinder hatten keine Lust dazu. Immerhin mussten sie sich wegen der beiden eine Standpauke des Lehrers anhören, der mal wieder darüber lamentierte, dass die Schüler früher viel braver gewesen seien. Und wegen der Verzögerung würden sie nicht rechtzeitig vor

Schulschluss bei der Schule sein. Die Fahrschüler hatten schon Angst, ihren Bus nicht mehr zu erreichen. So schnell es ging, machten sich die Klassen daher auf den Weg zur Schule. Sie liefen die Nikolaibergstraße hinunter, bogen ein in die Obere Hauptstraße und überquerten diese zum Marktplatz.

Der Marktplatz war ein Relikt aus alten Zeiten und hatte sich in seiner anmutigen Schönheit erhalten. Rechts von ihnen stand das neue Rathaus und wenige Meter weiter das Medienzentrum. Dort konnten sie nicht nur Bücher, CDs und Videos ausleihen, sondern es wurden auch immer wieder tolle Unterhaltungsaktionen für Kinder angeboten. Aber jetzt liefen sie schnell daran vorbei. Über die Strogen führte eine Brücke, an der eine kleine Nepomuk-Bronzestatue stand. Die Thenner Straße entlang kamen sie dann endlich zur Zustorfer Straße, wo auch die Wartenberger Schule stand. Die Busse warteten bereits und die Schüler trennten sich noch auf dem Schulhof voneinander. Ehe sie gingen, ermahnte der Lehrer sie nochmals: „Denkt an den Aufsatzwettbewerb. Ihr könnt euch auch zusammenschließen und gemeinsam eine Arbeit abgeben. Der oder die Gewinner dürfen mit ihren Freunden einen ganzen Tag kostenlos in der Therme verbringen!“ versprach er, ehe er sich von den Kindern verabschiedete.

„Was sollen wir jetzt machen“ fragte Patrick seinen Bruder auf dem Heimweg. „Keiner wollte uns was über das alte Jagdhaus erzählen. Den Wettbewerb können wir an den Nagel hängen!" befürchtete er. Sascha brummelte. So ein Rutschentag in der Therme wäre schon eine tolle Sache. Da kam ihm eine Idee. „Ich hab's!" rief er, „wir werden einfach Wawittel fragen!" „Wawittel?" echote Patrick. „Du glaubst, der weiß was? „Na, er hat doch gesagt das alte Jagdhaus ist seine Heimat. Wer, glaubst du, könnte uns besser erzählen, wie es dort war, wenn nicht er?"

Gleich nach dem Mittagessen machten sie sich daher wieder auf den Weg in die Nikolaibergstraße hinauf zum alten Jagdhaus. Gott sei Dank, die Tür war noch offen. Im Keller des alten Hauses angekommen, fingen sie an zu rufen: „Wawittel, Wawittel, bist du da?" Plötzlich hörten sie ein knirschendes Geräusch und eine alte Eisenplatte, die versteckt hinter dem Kaminschacht in die Wand eingelassen war, öffnete sich. „Pscht!" machte Wawittel, „schreit doch nicht so. Es könnte euch jemand hören!" „Nein," beruhigte ihn Sascha, „die sind schon längst alle weg. Wir sind alleine hier. Du, wir wollten dich fragen, ob du etwas über das alte Jagdhaus weißt. Wir schreiben nämlich demnächst einen Aufsatzwettbewerb darüber und haben Null Ahnung!" „Ob ich was weiß?" fragte Wawittel überrascht, „natürlich weiß ich alles über dieses Haus und auch über die Menschen, die hier lebten. Schließlich bin ich ein echter Wittelsbacher. Ich habe ja auch schon oben in der Burg gelebt!" „Du warst in der Burg?" fragte Sascha ehrfürchtig. „Och, die hätte ich auch gerne gesehen!"

„Tja, da bist du wohl ein bisschen spät dran. Die ist schon seit ......" Wawittel stutzte. „Sagt mal, welches Jahr schreiben wir denn eigentlich?" „Welches Jahr? Ja natürlich 2009!" rief Sascha. „Was, schon 2009? Mann, habe ich lange geschlafen. Man merkt, dass ich alt werde" seufzte Wawittel. „Also," setzte er fort, „die Burg gibt es schon seit etwa 800 Jahren nicht mehr. Nachdem Ludwig für seine junge Frau ein Schloss in Landshut baute und mit ihr dort einzog, wurde die Burg hier nicht mehr benutzt und verfiel im Laufe der Zeit. Die Herzöge wohnten dann im Jagdhaus hier. Ludwig und seine Nachfolger kamen nämlich noch ganz gerne zur Jagd nach Wartenberg. Aber das ist alles schon lange, lange her" sinnierte Wawittel. Und doch, er konnte sich noch genau erinnern, wie es damals war.....

Kapitel 2
Der kleine Otto

Adalbert und Margarot fühlten sich pudelwohl. Hier oben auf dem Berg gefiel es ihnen immer besser. Als glücklicher Umstand hatte sich erwiesen, dass Pfalzgraf Otto V. anstelle der Warte inzwischen eine Burg gebaut hatte. Und so kam es: Otto brauchte Platz. Denn sein bisheriger Stammsitz in Scheyern wurde gerade zum Kloster umgewandelt und außerdem hatte er Söhne, für die er Wohnraum schaffen musste. Er wandte sich mit seinem Problem an den Ebersberger Vogt Eckehard und der wusste Rat: Eckehard gehörte nämlich Land auf dem Wartenberg, das er nicht mehr brauchte. Vielmehr würden ihm aber zwei Äcker in Aufham nützen, die bisher jedoch Otto gehörten. Und so wurde der Tausch perfekt gemacht. 1117 überreichten sich die beiden symbolisch ein Stück Erde und Gras aus den getauschten Länderein. Kaum war der Tausch vollzogen, rückten Ottos Männer an und bauten auf den Berg eine Burg.

Der Flecken unten am Fuß des Berges hieß nun offiziell Wartenberg. Viele Jahre hatte es gedauert, bis die Burg, die nun über den Köpfen der Wartenberger thronte, fertiggestellt war. Und seither war es auch vorbei mit der Ruhe und Einsamkeit auf dem Berg. Trotzdem war Adalbert zufrieden, denn er hatte ein ideales Versteck für sich und Margarot gefunden. Unter der Burg hatte Otto nämlich ein verzwicktes Labyrinth mit geheimen Gängen und Kellern anlegen lassen. Das waren nicht nur Vorratsgewölbe, sondern auch Fluchtwege und Tunnelgänge, die miteinander verbunden waren. Ein Geheimgang gar führte direkt unter der Burg hinaus und endete im Osten außerhalb der Wehrmauern, perfekt getarnt hinter einem großen Holunderbusch. Wann immer Adalbert und Margarot auf Jagd gingen, nahmen sie diesen Ausgang. Adalbert war sehr vorsichtig geworden und das aus gutem Grund: Margarot hatte ihm nämlich inzwischen den lang ersehnten Stammhalter geschenkt. Und da dieser der erste von Adalberts Geschlechts war und hier unter der Stammherrschaft der Wittelsbacher geboren wurde, nannten sie ihn stolz den „Wartenberger Wittelsbacher". Der Name war natürlich viel zu lang und so blieb es irgendwann bei der Koseform: Wawittel.

Der kleine Wawittel wusste noch nicht viel über das Leben außerhalb der Burg. Die meiste Zeit verbrachte er mit seiner Mutter im unterirdischen Labyrinth. Sein größtes Abenteuer war gewesen, als ihn die Eltern eines Nachts durch den Geheimgang mitnahmen und draußen im Schutz der Dunkelheit das Fliegen mit ihm übten. Zu gerne würde Wawittel auch tagsüber hinausschlüpfen und die Menschen beobachten. Aber das hatte ihm der Vater streng verboten. Überhaupt die Menschen. Was waren das wohl für Wesen? Vielleicht waren es Ungeheuer? Wawittel konnte sich keine genaue

Vorstellung über sie machen. Aber eines Tages, das wusste er, würde er hinausgehen und dann ... - ja, was dann? ‚Nun,‘ dachte Wawittel, ‚das wird sich finden.‘

◊

Der kleine Otto, Sohn des Pfalzgrafen, langweilte sich fürchterlich. Niemand hatte Zeit für ihn. Kam er zu den Mägden, scheuchten diese ihn fort. Hühner rupfen und Brot backen wollten sie. Und auch die Knechte fanden heute keine Zeit für ein Spiel mit ihm. Sie schlachteten Schweine oder striegelten Pferde. Lustlos blies er sich eine braune Locke aus seiner Stirn. Was die bloß alle hatten, die gesamte Burg befand sich in Aufruhr? Und das nur, weil Onkel Eckehard zu Besuch kommen sollte. Mama war auch beschäftigt. Er warf einen Blick in ihr Gemach, wo eine Zofe ihr gerade die Haare zu einer kunstvollen Hochfrisur aufsteckte. Schnell hüpfte er weiter durch die großen Flure und lurte in das Arbeitszimmer seines Vaters. Hier stand ein mächtiger Schreibtisch mit aufwändigen Schnitzerein. In einem riesigen Stuhl mit den gleichen Schnitzereien auf Lehne und Beinen saß sein Vater. Er hatte seinen Kopf tief über die Papiere vor sich gebeugt und bemerkte den kleinen Otto gar nicht. Otto seufzte und drehte sich, ohne den Vater angesprochen zu haben, wieder um. Auch der Vater hatte keine Zeit für ihn.

Langsam schlich er hinunter in die Küche. Auf den Weg dorthin erblickte er die Magd Adelheid, die soeben eine

Kanne vom Wandregal nahm und damit verschwand. Er ging hinter ihr her und beobachtete, wie sie mit der Kanne in der Hand in den Keller stieg. Der Keller, das war ein dunkles Loch über dem eine Falltür geschlossen wurde. Jetzt stand die Tür auf und die Schwärze dahinter leuchtete ihm förmlich entgegen. Obwohl die Magd eine Kerze in der Hand hielt, hatte sie die Dunkelheit sofort verschluckt. Otto gruselte es vor dem Keller, das schwarze Loch machte ihm Angst. Aber wie sollte er einmal ein großer Herrscher wie sein Vater werden, wenn ihm schon ein dunkler Keller Angst machte? Nach wenigen Minuten tauchte Adelheids Kopf wieder auf und sie stieg heraus, in der Hand die nun gefüllte Kanne. Sorgfältig verschloss sie die Kellerluke und stellte die Kerze daneben auf den Boden, ehe sie wieder in die Küche ging „Ich müsste es einmal allen beweisen können, dass ich tapfer bin" wünschte sich Otto.

Er lehnte sich zurück und träumte davon, ein tapferer Krieger und großer Held zu sein. Dabei kam ihm eine Idee. Vielleicht konnte man das Tapfersein einfach lernen, so, wie er auch das Reiten auf seinem Pony Ardeo übte. Kurzentschlossen blickte Otto sich um, ob er beobachtet wurde. Niemand war zu sehen. Er nahm die Kerze, zündete diese an einer Fackel an und hob ächzend die schwere Luke vom Keller auf. Ein tiefschwarzes Loch blickte ihm entgegen. Beherzt kletterte Otto die Treppe hinunter. Die kleine Funzel der Kerze erhellte gerade mal auf Armlänge die Dunkelheit vor ihm. ‚Hoffentlich verlaufe ich mich nicht!' Otto prägte sich genau ein, wohin er ging. Zehn Schritte nach vorn, vorbei an den Fässern mit Wein und den dicken Schwarten geräucherten Schweinefleisches, dann scharf nach rechts durch die Kammer mit den Rüstungen. Für kurze Zeit nahmen die blanken Schwerter an der Wand seinen Blick gefangen. Die Rüstungen schimmerten dumpf im Kerzenschein. Er trat einen Schritt näher heran. Dort hing der stolze Helm seines Vaters, der mit einer Krone und einem mächtigen Geier verziert war. Während Otto versunken dastand, tropfte das Wachs der Kerze auf seine Hand. „Autsch" schrie er erschrocken auf und ließ die Kerze auf den Boden fallen. Sofort erlosch das schwache Licht. Wie erstarrt stand Otto da, denn nun herrschte rings um ihn tiefste Nacht.

Auch Wawittel stand wie erstarrt. Als er den kleinen Knaben mit der Kerze in der Hand durch den Keller schleichen sah, hatte er sich sofort hinter einem Fass zusammengekrochen und sich so kleingemacht, wie das bei einem kleinen Drachen eben ging. Vorsichtig spähte Wawittel nun hinter dem Fass hervor. Er sah, wie der Knabe die Kerze fallen ließ und dann stocksteif in der Dunkelheit stand. Doch im Gegensatz zu Otto konnte Wawittel in der Dunkelheit ausgezeichnet sehen. Seine grünen Augen schimmerten hell in der Nacht. Endlich löste sich Otto aus seiner Unbeweglichkeit und begann sich langsam, vorsichtig mit den Händen um sich tastend, vorwärts zu bewegen. Was Otto dabei nicht bemerkte: er hatte die falsche Richtung gewählt. Denn sein Weg führte ihn nun von der rettenden Kellerluke weg, direkt hin zu dem geheimen Labyrinth unter der Burg. Wawittel schlich Otto langsam nach. Er musste dabei vorsichtig sein, damit das Tapsen seiner Füße und das Schleifen seines langen Schwanzes keine Geräusche machte.

Dreißig Minuten später war Otto schier verzweifelt. Er hatte sich verlaufen. Wie sollte er nur jemals wieder aus diesem Labyrinth herausfinden? Wenn er wenigstens noch ein Licht gehabt hätte. Aber so schien er bei jedem seiner Schritte nur noch tiefer in das Gewirr der Gänge zu gelangen. Jetzt knurrte auch noch sein Magen. Hätte er sich denn nicht wenigstens so verirren können, dass er in einem der Vorratskeller gelandet wäre? Dann könnte er dort wenigstens seinen Hunger und Durst stillen. ‚Wie spät es wohl sein mag?' fragte sich Otto bange. ‚Ob die Hausglocke wohl schon zum Abendessen gerufen hatte? War Eckehard schon angekommen?' Er mochte sich gar nicht ausmalen, was geschehen würde, wenn er hier nicht mehr herausfände. Seine Fantasie gaukelte ihm bereits Bilder vor, wie irgendwann - in vielen Jahren vielleicht - jemand sein Skelett finden würde, nachdem er hier verhungert und verdurstet war. Oder er würde von Ratten und Kakerlaken aufgefressen werden und ..... „Schluss jetzt" murmelte er vor sich hin, „ich mache mich ja ganz verrückt. Das beste wird wohl sein, ich bleibe, wo ich bin und warte darauf, dass man mich findet" überlegte er laut.

Er lehnte sich an die feuchte Wand und rutschte dann zu Boden. Suchend tastenden seine Hände in der Dunkelheit umher. Da war Stroh auf dem Boden, hier war es wenigstens trocken. Mutlos und erschöpft vom Umherirren legte sich Otto auf das wärmende Stroh und schloss die Augen.

Wawittel war ratlos. Warum legte sich der Kleine auf den Boden und suchte nicht weiter? Der Ausgang war nicht mehr fern. Doch wenn Otto hier liegen blieb, liefen die Eltern Gefahr, bei ihrer Rückkehr aus dem Wald entdeckt zu werden. Die beiden waren in der Nacht zuvor aufgebrochen und wollten im Schutz der Dunkelheit wieder zurückkommen. Genau hierher, wo Otto lag, würde ihr Weg sie führen. Wenn sie entdeckt würden, müssten sie alle vielleicht von hier fliehen! Oder noch schlimmer: Vater würde Otto töten, ehe dieser sie verraten konnte! Fieberhaft überlegte Wawittel, wie er die Situation lösen könnte. Otto war inzwischen eingeschlafen, Wawittel hörte es an den gleichmäßigen Atemzügen. Neugierig schob er sich näher an das Menschenbündel heran. Nie zuvor war er den fremden Wesen so nahe gekommen! Über Ottos Nacken lockten sich die dunkelbraunen Haare, seine Augen waren von langen, dunklen Wimpern bekränzt. Die glatte Haut an den Wangen schien so weich und zart zu sein, dass Wawittel dem Drang nicht widerstehen konnte, sie anzufassen. Vorsichtig strich er über die glatte Wange. Da schlug Otto die Augen auf. Weitaufgerissen mit dunklen Pupillen starrte er ihn an.

„Wer, wer bist du" stotterte Otto erschrocken. Auch Wawittel war zurückgefahren. „Ich bin Wawittel." „Wawittel?" Otto rappelte sich hoch. Er konnte in der Dunkelheit nicht mehr ausmachen, als ein Paar grüner Augen, das ihn so sonderbar hell anleuchteten. Wawittel wusste nicht mehr ein noch aus. Vor lauter Aufregung begann er nun zu schnauben und im selben Moment schoss ein Feuerstrahl aus seiner Nase. Erschrocken fuhr Otto zurück. Im Schein des hellen Strahles hatte er ein Wesen gesehen, das er bisher nur aus Sagen kannte: vor ihm stand ein Drache! Allerdings – ein wohl eher kleiner Drache der ihn selbst kaum überragte. Für Otto war es dennoch der furchterregendste Moment in seinem Leben. Der Sage nach töteten die Drachen jeden, der ihnen in die Quere kam. Qualvoll wurden die Opfer von dem heißen Feuerstrahl dieser Untiere geröstet. Niemand überlebte solch einen Angriff – oder zumindest fast niemand. Eines der Märchen, die ihm die Mägde aus dem Ort erzählten, handelte von einem tapferen Ritter, der in ferner Zeit auf dem Wartenberg gegen zwei Drachen kämpfte. Schrecklich entstellt durch viele Brandwunden war er schließlich mehr tot als lebend vom Berg zurückgekommen. Sofort hatten die Menschen begonnen, nach den Drachen zu suchen. Diese aber wurden niemals gefunden, weder tot, noch lebendig. Es hieß, der Ritter sei verrückt geworden, weil die Menschen schließlich an seiner Geschichte zu zweifeln begannen. Bis an das Ende seines Lebens hielt er weiter daran fest, dass zwei Drachen auf dem Berg lebten. Er selbst aber wagte sich nicht mehr dort hinauf.

„Fürchte dich nicht" sagte der Drache jetzt, „ich werde dir nichts tun. Aber du musst fort von hier und du darfst niemanden von mir erzählen!" „Aber ich finde den Weg nicht mehr" jammerte Otto und Tränen liefen dabei über seine Wangen. „Komm, ich werde ihn dir zeigen" versprach Wawittel. Otto zögerte. Konnte er einem Drachen glauben? Doch was blieb ihm anderes übrig, wenn er hier nicht verhungern wollte? Und so machte sich Otto im Gefolge von Wawittel auf den Weg hinaus aus dem Labyrinth.

Die Kerze lag noch immer dort auf dem Boden, wo Otto sie hatte fallen lassen. Wawittel pustete vorsichtig einen heißen Feuerstrahl aus seiner Nase und entzündete damit den Docht. Er drückte Otto die brennende Kerze in die Hand. „Jetzt darfst du sie aber nicht mehr fallen lassen!" ermahnte er ihn mit einem Lächeln. Und auch Otto konnte jetzt wieder lächeln. „Danke Wawittel, das werde ich dir nie vergessen!" „Dann vergiss auch nicht, dass niemand etwas von mir erfahren darf, Versprochen?" „Versprochen!"

Otto war fort, er hatte den Keller durch die Luke wieder verlassen. ‚Hoffentlich hält er auch, was er verspricht' machte sich Wawittel Gedanken. Hatte er Recht daran getan, Otto hinauszuführen, nachdem ihn dieser gesehen hatte? Er wusste es nicht. Langsam schlurfte er wieder zu seinem Lager zurück und wartete auf die Rückkehr seiner Eltern.

◊

Viele Wochen später – der Sommer neigte sich bereits dem Ende zu und das Laub der Bäume hatte sich rot gefärbt – schlich sich Wawittel an einem sonnigen Nachmittag heimlich aus dem Lager. Seine Eltern sollten von dem Ausflug nichts bemerken, sie hätten ihn nicht erlaubt. Doch Wawittel wollte so gerne einmal den Wald bei Tag sehen. Jetzt starrte er geblendet hinter dem Holunderbusch hervor, dessen Äste sich unter den reifen Beeren bogen. Tatsächlich – die Welt da draußen sah bei Tag ganz anders aus, als in der Nacht. Und diese Geräusche! Vögel zwitscherten so laut, dass Wawittel erstaunt den Kopf hob. Das hatte er ja noch nie gehört. Und da vorne erblickte er ein Reh, das ihn nun ebenfalls gebannt ansah. Wawittel blickte prüfend um sich, ehe er sich aus dem Schutz des Holunderbusches hervorwagte. Mit einem Satz machte das Reh sich aus dem Staub. „Hey, warte doch" rief Wawittel, „ich tue dir nichts!" Aber das Reh hörte ihn schon nicht mehr. „Tock, Tock, Tock, Tock" tönte es plötzlich über Wawittels Kopf. Er hob den Kopf und blickte staunend den großen Baum hinauf. Dort, ganz oben, saß ein Specht mit roter Kappe auf dem Kopf und klopfte mit seinem Schnabel gegen die Rinde. Wawittel wagte sich noch weiter in den Wald, im Schutze der Bäume und Sträucher fühlte er sich sicher vor Entdeckung. Da hörte er wieder Geräusche. Ein lautes Knacken, ein Grunzen und Quieken kam auf ihn zu. Wawittel duckte sich hinter den Busch, als ein

Wildschwein an ihm vorüberhastete. Was mag das Tier so erschreckt haben? Doch ehe Wawittel den Gedanken zu Ende gedacht hatte, durchschoss ihn ein heißer Schmerz. Verwundert sah er an sich herab. Ein spitzer Stab steckte in seiner Seite. Woher war der gekommen? Was hatte ihn da getroffen? Das letzte, was er sah, waren die erstaunten Augen des kleinen Ottos, die ihn von einem Pferd herab anstarrten – dann schwanden seine Sinne.

Hinter Otto kamen Jäger herangeritten. „Junger Herr, wir haben eine Wildsau gejagt, sie muss getroffen sein. Ist sie an Ihnen vorbeigekommen?" fragte Rudolf, der Jagdmeister. Unsicher, was er antworten sollte, blickte Otto den Jagdmeister an. Er war gerade mit seinem Pferd ausgeritten, als er in das Gehege der Jäger gekommen war. Was sollte er tun? Wenn Rudolf Wawittel sah, wäre es aus mit dem Drachen, das war Otto klar. Schon schaute sich Rudolf suchend um und versuchte in das Gebüsch hinter Otto zu spähen. Gleich würde er den Wawittel entdecken und seine Schergen ihn niedermetzeln! Kurzentschlossen richtete sich Otto daher nun hoheitsvoll auf seinem Pferd auf, holte tief Luft und sagte: „Rudolf, ich habe hier keine Sau gesehen und ich wünsche jetzt auch nicht gestört zu werden. Nehmen Sie ihre Mannen und verlassen Sie sofort den Wald!" „Aber Herr, ich muss doch der Sau nach! Ihr Vater hat mir den Auftrag gegeben, er wartet doch bereits darauf!" „Nein" erwiderte Otto nun mit scharfer Stimme, „haben Sie mir nicht zugehört? Tun Sie, was ich Ihnen sage. Mit meinem Vater werde ich selbst sprechen!" Rudolf war erstaunt. Ein Kind war das noch, das da vor ihm hoch oben auf dem Ross saß, doch gesprochen hatte der Junge schon wie ein Mann. Gehorsam sammelte er daher seinen Jagdtrupp um sich und verließ schnellstens den Wald.

Als alle fort waren, saß Otto ab und untersuchte fieberhaft den Drachen. Die Wunde sah böse aus. Otto brach den Schaft des Pfeils ab und versuchte Wawittel – der sich überhaupt nicht mehr rührte – hochzuheben. Stöhnend und ächzend schaffte er ihn auf das Pferd, dann führte er dieses mit dem leblosen Drachen auf dem Rücken zum nahen Holunderbusch, wollte Wawittel dahinter verstecken. Erstaunt bemerkte er dabei die Öffnung in der Wand. Das musste ein Eingang zum Labyrinth sein! Er zerrte und schob Wawittel mehr als er ihn trug und machte sich mit ihm auf den langen Weg in das Labyrinth. Verzweifelt wollte er schon aufgeben, wusste er doch nicht, wohin er sich wenden musste. In diesem Moment schoss ein hünenhafter Drache auf ihn zu. Seine Augen waren rotunterlaufen und aus seiner Nase schnaubte Feuer. Das musste Wawittels Vater sein. Vorsichtig legte Otto Wawittel auf den Boden und sagte zu dem schreckenserregenden Drachen: „Hier ist dein Sohn. Ich habe ihn vor den Jägern im Wald retten können. Doch er ist verwundet. Kannst du ihm helfen?" Adalbert war sprachlos. Dieses kleine Kerlchen zeigte überhaupt keine Angst vor ihm und brachte ihm auch noch einen verletzten Wawittel! „Geh," meinte er nun harscher als beabsichtigt „ich werde mich um ihn kümmern!" Und so ließ Otto Wawittel in der Obhut seines Vaters und tastete sich mit weichen Knien und bangem Herzen zum Eingang zurück. Ob Wawittel gerettet werden konnte?

Seinem eigenen Vater musste er an diesem Abend noch Rede und Antwort stehen. Zur Strafe für sein eigenmächtiges Handeln schickte ihn der Vater ohne Abendessen zu Bett. Gleichsam hatte er überrascht dem Bericht des Jägers Rudolf gelauscht, der offenbar beeindruckt von dem selbstbewussten Auftreten des kleinen Otto gewesen war. Insgeheim zollte er dem Kind Achtung. Vielleicht hatte er sich in ihm getäuscht, denn lange schon machte er sich Gedanken über dessen sanftes und zurückhaltendes Wesen. Scheinbar entwickelte er sich nun doch zu einem ganzen Mann und würde später in die Fußstapfen seines Vaters passen.
Währenddessen lag Otto schlaflos in seinem Bett. Doch nicht der knurrende Magen raubte ihm den Schlaf, sondern die Angst um das Leben des kleinen Drachens.

Am nächsten Morgen schlich Otto sich wieder in den Keller. Diesmal hatte er überhaupt keine Angst mehr davor, in die Dunkelheit hinabzusteigen. Denn das schreckliche Grauen, das ihn früher allein schon bei dem Gedanken an den Keller befallen hatte, war verschwunden. Genau das Ungeheuerliche, wovor er sich einst geängstigt hatte, hoffte er doch heute zu finden: die geheimnisvollen Drachen. Und tatsächlich, nach vielen Irrwegen und Sackgassen drang er bis zu dem Lager der Drachen vor. Er fand sogar drei Drachen. Der eine, das war Wawittels, den erkannte Otto vom Vortag. Der andere hatte die gleichen grünen Augen wie sein Freund, war aber nicht so groß, wie Wawittels Vater. Das musste seine Mutter sein! „Hallo" sagte Otto scheu, „ich wollte fragen, wie es Wawittel geht?" „Es geht schon besser" meinte Adalbert und musterte den Jungen. „Warum hast du ihn gerettet?" „Er hat mir ebenfalls geholfen, als ich in Not war und er ist mein Freund" berichtete Otto mit fester Stimme. Otto erzählte über die Ereignisse des Vortags und endete: „Freunde müssen sich doch gegenseitig helfen!" Adalbert nickte. „Das war sehr mutig von dir. Wenn du nicht eingegriffen hättest, wäre Wawittel jetzt vermutlich tot. Und dass du ihn hergebracht hast, ohne zu wissen, was dich hier erwarten würde, war sehr tapfer. Du wirst einmal ein großer Mann werden!" Adalbert reichte dem kleinen Otto die Hand. „Ich verspreche dir, dass dir und deiner Familie hier oben auf dem Berg kein Leid geschehen wird. Wann immer ihr uns braucht, werden wir hinter euch stehen!" „Ich danke dir" erwiderte Otto gerührt „und ich verspreche dir und deiner Familie, dass euch hier nichts geschehen wird. Solange ich lebe, werde ich dich und die Deinen schützen und niemals verraten, dass es euch gibt!"

◊

„Eine tolle Geschichte" unterbrach Sascha Wawittels Erzählung „aber was hatte dieser Otto mit dem Jagdhaus zu tun?" „Das Jagdhaus, das kam erst viel, viel später. Aber aus dem kleine Otto wurde 1180 der große Otto I. Herzog von Bayern. Weißt du nicht, dass der hier in Wartenberg auf der Burg wohnte und von dort aus das Land Bayern regierte, bis er starb?" „Hm," überlegte Sascha, „ist das nicht der gleiche, der oben auf dem Nikolaiberg auf diesem großen Stein steht?" „Genau, auf dem Gedenkstein. Dort ist Ottos Name eingraviert und auch der seines Sohnes Ludwig, der nach ihm hier regierte. Otto war sehr bedeutend für diesen Ort. Sicher, er war auch sehr viel unterwegs, aber seine Wurzeln hier vergaß er nie!" „Dann war ja Wartenberg einmal berühmt!" rief Patrick. „Richtig! Wartenberg hatte eine sehr wichtige Rolle im Bayerischen Herzogtum, aber das ist schon lange vorbei, die meisten Menschen haben das vergessen." „Und wie war das dann mit dem Jagdhaus?" bohrte Patrick nach. „Als die Burg nicht mehr zu bewohnen war, bauten die Wittelsbacher das Jagdhaus. Denn obwohl sie von Wartenberg aus nicht mehr regierten, kamen sie doch immer wieder zur Jagd hierher. Und da wollten sie etwas haben, wo sie während der Jagdzeit standesgemäß und komfortabel wohnen konnten. Aber sagt mal, habt ihr das denn nicht in der Schule gelernt?"
Betreten sahen sich beiden Buben an. „Na ja, kann schon sein. Aber in der Schule hören sich diese alten Geschichten immer so langweilig an. Ich hab ja schließlich nicht gewusst, dass der Typ hier gelebt hat!"

„Aha. Na, nun weißt du es. Und es war nicht nur Otto alleine, nach ihm gab noch viele mehr, die hier lebten oder wohnten und den Ort bedeutend machten. Der wichtigste von ihnen war wohl der kleine Ludwig.....“ Und so lehnte sich Wawittel erneut zurück, überlegte kurz und erzählte dann die Geschichte weiter.

Darstellung im romanischen Tympanon
der Nikolaikapelle Wartenberg

Kapitel 3
Die Wittelsbacher Herrscher und Wartenberg

Tatsächlich wurde aus dem kleinen Otto später ein großer, mächtiger Mann. Sein Versprechen gegenüber dem Drachen brach er zeitlebens nicht und so erfuhr niemand von dessen Existenz. Den Eingang in das Labyrinth im Keller ließ er verschließen, so dass auch von den Mägden und Knechten niemand versehentlich auf die Drachen traf. Die Drachen konnten weiterhin über den Geheimgang und dem Ausgang hinter dem Holunderbusch ihr Lager unbemerkt verlassen und betreten. Seinen Hofmaler wies Otto an, ein Bild zu malen. „Ich möchte ein Bildnis, aus dem deutlich wird, dass mein Leben von zwei guten Geistern bewacht wird: dem stolzen Löwen und dem tapferen Drachen!". Der Maler tat gute Dienste und malte einen Lebensbaum der von den beiden Geschöpfen flankiert und bewacht wurde.

Otto galt als getreuer Gefolgsmann des Herzogs von Bayern, Heinrich dem Löwen, sowie Kaiser Friedrichs. Als Friedrich nach Italien zog, um dort in Rom gekrönt zu werden, blieb Otto an seiner Seite. Auf dem Rückweg gerieten sie 1155 bei Verona in einen Hinterhalt. Die Veroneser bewarfen das vorbeiziehende Heer der Deutschen von einer Anhöhe herab mit großen Felsbrocken. Es war Otto, der zusammen mit 200 Männern die Anhöhe bezwang und den Veronesern in den Rücken fiel. Angefeuert von seinen Mannen entfaltete er oben für alle gut sichtbar das Banner des Kaisers. Die Veroneser waren bezwungen, der Kaiser gerettet.

Diesen Freundschaftsdienst vergaß der Kaiser dem Wartenberger nie. Im Jahr darauf starb Ottos Vater und er übernahm dessen Pflichten als Pfalzgraf. Oft hielt er sich auf seiner weiteren Burg in Kelheim auf, doch Wartenberg gab er nicht auf.

Erst spät heiratete Otto. Er war bereits 52 Jahre alt, als er 1169 die erst 19jährige Agnes von Loos ehelichte. Mit ihr hatte er neun Kinder. Eines davon, Ludwig, der am 23.12.1173 in Kelheim geboren wurde, sollte später noch eine große Rolle für Wartenberg spielen. Mit Agnes bewohnte Otto die Burg in Wartenberg, auch seine Kinder wuchsen dort auf.

1180 verlieh der Kaiser seinem getreuen Gefolgsmann mit seiner außerordentlichen Liebe zu Bayern das Herzogtum Bayern. Otto trat damit die Nachfolge von Herzog Heinrich dem Löwen an. Unter seiner Regentschaft die er von Wartenberg aus führte, blühte das Land Bayern wieder auf. Seine Zeit sollte jedoch schon bald zu Ende sein. Er starb 1183.

◊

Auf den Schultern des 11jährigen Ludwigs lag eine große Last. Nachdem zwei Jahre zuvor sein Vater gestorben war, wurde er der rechtmäßige Herzog von Bayern. Mit seiner Mutter und seinen Geschwistern lebte er auf der Burg, seine Kindheit war geprägt von dem Leben in Wartenberg.

Es war der Heilig-Dreikönigstag. Draußen vor der Burg breitete sich vor Ludwig ein herrliches Bild aus. Völlig verschneit lag der kleine Ort Wartenberg unten am Fuße des Berges. Aus den Schornsteinen der kleinen Gehöfte kringelte sich bereits der Rauch, die einfachen und frommen Leute im Dorf machten sich bereit, das Heilig-Dreikönigs-Fest zu besuchen. Glitzernde Schneekristalle hingen an den Bäumen. Als Ludwig gemeinsam mit seiner Mutter durch den tiefen Schnee stapfte, huschte vor ihnen ein Hase noch schnell in den Wald. Ludwig kuschelte sich fest in seinen warmen und weichen Fellmantel. Er liebte den winterlichen Spaziergang durch den Wald. Kräftiger Holzrauch wehte zu ihm herauf, seine Finger waren schon ganz kalt und er würde sie gern tiefer in die Ärmel des Mantels stecken, doch er brauchte seine Hände, um sich an dem Holzhandlauf festzuhalten, der den steilen Weg bergab säumte. Er liebte diesen Ort, der ihm ebensoviel bedeute, wie die Menschen, die dort lebten.

Nach dem Fest gesellte sich Ludwig mit seiner Mutter zu einigen anderen Adeligen, die zusammen plauschten. Dann war es schon an der Zeit, wieder den Berg hinaufzusteigen, denn auf die beiden wartete schon die Köchin Waltraud mit dem Essen. Am Nachmittag erschien Besuch. Es war Probst Heinrich vom Kloster Neustift, der dem jungen Herzog seine Aufwartung machte. Und diese hatte einen ernsten Grund. So erzählte er von einem Streit des Klosters mit Konrad von Reichersdorf. Es gehe um einen Hof in Thalham, den sich Reichersdorf von dem Kloster erstritten habe. Doch das Kloster brauche den Hof. Andererseits habe Reichersdorf tatsächlich einen Anspruch, berichtete Heinrich. Weil Heinrich nun diesem Streit endlich ein Ende bereiten und den Hof wieder in Besitz des Klosters bringen wolle, sei er bereit 2 Talente an Reichersdorf zu bezahlen, wenn dieser von seiner Forderung Abstand nehme.

Nur wenige Tage später ließ Ludwig Reichersdorf zu sich rufen. Lange berieten die beiden über den Streit. Doch es zeigte sich, dass das Problem nicht so einfach zu lösen war. Eine der Parteien würde nachgeben müssen. Das Kloster hatte Reichersdorf mit dem Angebot der zwei Talente die Hand zur Versöhnung gereicht, doch dieser konnte sich nicht dazu entschließen, sie zu nehmen. „Was", so Ludwig, „können wir tun, um hier wieder Frieden einkehren zu lassen?" Lange sprachen die beiden miteinander. Endlich gab Reichersdorf nach. Er legte seine Hand in die Hand des jungen Ludwig und sagte: „Herr, wenn ihr meint, dass es dem Frieden dient, so will ich fortan mit dem angestrittenen Gut nichts mehr zu tun haben. Soll mir das Kloster die beiden Talente bezahlen, so werde ich das Gut zurückgeben". So geschah es dann auch. Und die Kunde verbreitete sich, dass Ludwig der Kelheimer in die Fußstapfen seines Vaters getreten und ihm ein würdiger Nachfolger sei. Dies bewies er ein weiteres Mal, als er im Jahre 1200 einen Streit zwischen dem Kloster Neustift, dem er sehr gewogen war, und seinem eigenen Hof beilegte. Es ging um seine eigenen Männer in Schleißheim um die der Streit entflammt war. Um des Friedens willen gab in diesem Streit nach. „Ich bin von Gott gesetzt, um mit dem von Gottes Gnaden mir reichlich gewährten Gütern den Bedürftigen ebenso reichlich mitzuteilen" sagte er damals. Konrad, Richter von Wartenberg, bezeugte anschließend die Schlichtung des Streits.

◊

War Ludwig auch ein getreuer Gefolgsmann und begleitete Heinrich VI. Ende des 12. Jahrhunderts auf dessen Reisen, so war er, inzwischen zum jungen Mann gereift, in Liebesdingen keineswegs zuverlässig. Die böhmische Herzogstochter Ludmilla war es, die den unsteten Lebenswandel des Bayern beendete. Sie, bereits Witwe des Grafen von Bogen - der übrigens keineswegs ein Freund Ludwigs, sondern zu Lebzeiten sein erbitterter Feind war - und Mutter dreier Kinder, widerstand den Liebesschwüren des heißblütigen Bajuwaren und bewahrte sittsam ihren Anstand. Sehr zum Leidwesen von Ludwig, der die schöne Böhmerin zu gern verführt hätte.

Wieder einmal führte Ludwigs Reise nach Bogen. „Liebste Ludmilla, wann endlich erhört Ihr meine Bitten und heiratet mich?" fragte er bei einem Spaziergang im Garten. „Ach Ludwig, Ihr seid ein Schwerenöter. Schon so lange macht ihr mir den Hof. Aber kann ich Euren Schwüren glauben? Ich glaube vielmehr, ihr spielt nur ein Spiel mit mir!" „Ein Spiel? Mir ist bitterer Ernst. Wie kann ich euch glauben machen, dass ich euch ehelichen möchte? Ihr sollt die Mutter meiner Kinder sein!" Ludwig wandte seinen ganzen Charme auf, um das Herz der schönen Ludmilla zu erweichen. Natürlich hatte er noch nicht vor, zu heiraten. Das Leben wollte genossen werden und seine Freiheit wollte er noch lange nicht aufgeben. Aber Ludmilla, das wusste er, würde ihn erst erhören - und dann vielleicht abends in ihre Kammer lassen - wenn er ihr seine ernsten Absichten glaubhaft machen konnte. Hier, in der Einsamkeit des großen Gartens, fiel ihm dies leicht. Niemand konnte sie belauschen und später vielleicht seine Schwüre bestätigen.

Ludmilla schaute Ludwig von der Seite an. Ein fescher Bursche war er tatsächlich, dieser junge Bayer. Doch verschenken wollte sie sich keineswegs. ‚Oh nein, so nicht du Schurke' dachte sie sich im Stillen, denn sie wusste genau, dass er mit seinen blumigen Versprechen auch anderen hübschen Frauen den Hof machte. ‚Einen

Filou fängt man nur mit seinen eigenen Fallen' ersann sie und sie hatte auch bereits eine Idee. „Was haltet Ihr davon, liebster Ludwig, wenn wir unsere Unterhaltung in der Stube fortführen. Sagen wir heute abend um Acht" lud sie ihn freundlich ein. Ludwig verbeugte sich vor ihr. „Ihr Wunsch sei mir Befehl, holde Dame, ich werde pünktlich sein!" erwiderte er und frohlockte innerlich. Der Fisch hing an der Angel!

Als er am Abend in das Haus der Witwe kam, waren nur die Hausangestellten zu sehen. Ludwig und Ludmilla dinierten ein erlesenes Mahl, anschließend zogen sie sich zurück in die Stube. Diese zierte ein großer Wandteppich auf dem drei stolze Ritter abgebildet waren. „Liebster Ludwig, euer Liebesschwur heute hat mich sehr beeindruckt. Aber Ihr wisst, dass ich euch nicht recht glauben will, seid Ihr doch als Schwerenöter und Herzensbrecher bekannt." Sie wies auf den Wandteppich. „Ludwig, würdet ihr mir vor diesen drei Rittern dort euer Eheversprechen schwören?" Ludwig konnte sein Glück kaum fassen, sah sich bereits am Ziel seiner Wünsche. „Selbstverständlich, liebste Ludmilla!" Er stand auf, führte Ludmilla vor den Wandteppich, kniete sich vor ihr nieder und nahm Ihre Hand. „Verehrte Ludmilla, wollt Ihr die Meine werden? So werde ich euch lieben und ehren bis an Euer Lebensende!" schwor er feierlich und setzte noch hinzu: „Die drei Ritter hinter mir sollen Zeugen für meinen ehrenhaften Willen sein!" Just in diesem Momente jedoch traten drei ganz reale Ritter hinter dem

Wandteppich hervor, wo sie sich auf Ludmillas Geheiß bisher versteckt gehalten hatten, verbeugten sich vor dem sprachlosen Ludwig und sagten: „Werter Ludwig, wir haben Euer Gelöbnis gehört und werden dies gerne vor Gott und den Menschen bezeugen!" Ludwig sprang auf. „Schwindel!" rief er erbost und warf Ludmilla vor „Ihr treibt ein falsches Spiel mit mir!" „Keineswegs," schmunzelte diese „ich habe euch doch nur gebeten, vor diesen drei Rittern dort Euren Liebesschwur zu wiederholen. Und wart ihr nicht allzu gerne bereit dazu?" erinnerte sie ihn. Ludwig blickte sie an. „Sie werden verstehen, dass ich unter diesen Umständen nicht mehr bleiben kann. Noch heute reise ich ab. Bitte haben Sie Verständnis, dass ich mich im Moment nicht mehr dazu äußern möchte" antwortete er gepresst. „Aber selbstverständlich, liebster Ludwig, reisen Sie nach Hause und denken Sie darüber nach, ob Sie Ihren unsteten Lebenswandel so weiterführen, oder ob sie eine Familie gründen möchten. Denn nur, wenn Sie ein ernsthaftes Interesse an einer Ehe mit mir unter christlichen Werten haben, werde ich die Ihre werden!"

Ludwig reiste tatsächlich noch in der Nacht ab. Lange Zeit hörte Ludmilla nicht mehr von ihm als das, was die Kundschafter ihr zutrugen.

In der Zwischenzeit tat sich auch auf dem politischen Sektor einiges. Ludwig erhielt die Mark Cham und weitete seine Regentschaft damit noch weiter in den Osten Bayerns aus. Er war stets darauf bedacht, seine

Besitztümer zu mehren und damit die herzoglichen Rechte – und somit seine Macht – zu stärken. Dazu gehörten auch die klug taktierte Vermählungen der Schwestern: Elisabeth wurde mit Berthold von Vohburg, dem Markgrafen von Cham, Sophie mit dem Markgrafen Hermann von Thüringen und eine weitere Schwester mit dem Grafen Adalbert von Dillingen verheiratet. Nur er selbst wandelte noch immer auf Freiersfüßen. Viele adelige Damen verdrehten den Kopf nach ihm, doch die schöne und eigensinnige Ludmilla schwand nicht aus seinen Gedanken.

Inzwischen musste sich Ludwig mit der Tatsache auseinander setzen, dass seine Burgen in Anbetracht seiner Gebietsausweitung nun strategisch ungünstig lagen. Im Rahmen seiner Zwistigkeiten mit Regensburg riss er dort die Isarbrücke bei der regensburgischen Straßburg ab und verlegte sie gewaltsam isaraufwärts, etwa eine Reitstunde nordöstlich von Wartenberg entfernt. An der neuen zollträchtigen Brücke gründete er eine Stadt und erbaute auf einer Anhöhe darüber zum Schutze von Stadt und Brücke eine Burg. Von hier aus wollte er fortan regieren, dieser Ort sollte zur „Hut des Landes" werden. Den Ort nannte er daher fortan ‚Landshut'.

Ein Jahr war vergangen seit Ludwigs unrühmlichen Abgang aus Bogen. So lange hatte es gedauert, bis er erkannte, dass die von ihm erlittene hinterlistige Schmach Ludmillas Antwort auf sein eigenes Falschspiel war. Inzwischen zollte er ihrem Einfallsreichtum sogar seine Achtung und musste beinahe selbst darüber schmunzeln, wie er ihr auf den Leim gegangen war, anstatt umgekehrt. Nach langen Überlegungen überwand er seinen verletzten Stolz und reiste erneut zu ihr. Und als er ihr diesmal das Versprechen gab, sie heiraten zu wollen, willigte sie ein. Im Jahre 1204 feierten die beiden Hochzeit und zogen als Jungvermählte in den neuen Stammsitz der Wittelsbacher ein, die Burg Trausnitz in Landshut.

◊

Wawittel wandte sich langsam den Kindern zu. Beinahe wehmütig hatte er bei seiner Erzählung in die Ferne geschaut, in eine Welt, welche die Kinder nicht sehen konnten. „Was wurde denn dann aus euch, seid ihr denn nicht mitgegangen?" fragte Sascha. „Nun ja, natürlich haben wir darüber gesprochen. Es eilte ja nicht. Die Burg in Wartenberg blieb erhalten und wir konnten weiter dort leben – sogar noch unbehelligter als je zuvor. Doch dann ....." Wawittel brach ab. „Was war dann?" Neugierig beugten sich die Kinder vor. Was mochte der Drache denn plötzlich haben? Wawittel seufzte tief. Schmerz glomm in seinen Augen auf, als er wieder zum Sprechen ansetzte. Leise sprach er weiter. „Dann geschah etwas furchtbar Schreckliches ....."

Die drei Ritter

Kapitel 4
Der Verlust

Adalbert und Margarot waren zur Jagd aufgebrochen. Natürlich wollten sie dabei wie immer nur Wild aus dem Wald erlegen und den Menschen aus dem Weg gehen. Ihre Reisen führten sie inzwischen immer weiter von zu Hause fort, denn sie wollten den Menschen in der Umgebung keinen Anlass zur Furcht geben. Ihre Jagd sollte sie diesmal an den Rhein führen. Fröhlich verabschiedeten sie sich von Wawittel, ermahnten ihn brav zu bleiben und versprachen, bei ihrer Reise Ausschau nach anderen Artgenossen zu halten. Er blickte ihnen nach, als sie in die dunkle Nacht hinausflogen. Schon bald wollten sie wieder zurücksein – doch sie kehrten nicht mehr heim.

Nach Tagen des Wartens machte sich Wawittel auf die Suche nach seinen Eltern. Nur ungefähr wusste er, wohin sie geflogen waren. Er folgte dem Rhein und lauschte nachts verborgen im Wald den Erzählungen der Reisenden, die dort ihre Lager aufgeschlagen hatten. Und schließlich hörte er, was sich zugetragen haben soll: seine Eltern waren von einem nordischen Königssohn mit dem Schwert niedergemetzelt worden. Der Königssohn badete sich in deren Blut weil er sich erhoffte, dadurch unverwundbar zu sein. Die Spur seiner Eltern führte Wawittel an den Niederrhein. Er folgte den Hinweisen und tatsächlich, nach langer Suche, fand er die beiden.

Fast sah es aus, als schliefen sie. Tödlich getroffen hatten die beiden in den letzten Momenten ihres Lebens noch zusammengefunden, hielten sich an den Händen und lagen dort in trauter Zweisamkeit in einem weichen Blätterbett im Wald. Weinend umarmte Wawittel seine Eltern ein letztes Mal. Es erforderte höchste Anstrengungen, als er einen nach den anderen aufhob und gen Heimat flog. In Etappen ging es nach Hause, jeweils fünf Stunden flog er, versteckte den Körper des Elternteils, flog zurück und kam in der nächsten Nacht mit dem zweiten zurück. Viele Tage dauerte es, bis er die beiden dorthin geschaffen hatte, wo er sie hinbringen wollte: auf den Wartenberg. Dort im Schutze der Burgmauer, tief in der Erde bestattete er Adalbert und Margarot so, wie die beiden gestorben waren: in trauter Zweisamkeit. Auf dem Grab errichtete er einen kleinen Steinhügel. Viele Nächte trauerte Wawittel im Schatten der Burg und sann darüber nach, wie es nun weitergehen solle.

„Das ist aber sehr traurig" meinte Patrick bedrückt. „Und du musstest das ganz alleine durchstehen?" „Ja", nickte Wawittel, „ich fühlte mich damals sehr einsam. Doch dann wurde mir klar, dass ich hier bleiben musste, in der Nähe meiner Eltern. Ich wollte Ludwig und seiner Frau nicht folgen. Versteht ihr jetzt, warum ich nicht gehen konnte? Meine Wurzeln sind hier und meine Eltern liegen hier begraben. Ich bin mit Wartenberg auf immer verbunden."

„Und wie ging es dann mit der Burg weiter?" hakten die Kinder nach „Wurde sie nun abgerissen?" „Nein, sie stand noch lange Zeit" begann Wawittel wieder zu erzählen, „doch die goldenen Zeiten der Burg waren vorbei!"

◊

In Wartenberg war es ruhig geworden, seit Ludwig nicht mehr hier regierte. Die hochherrschaftliche Bedeutung des Ortes als Regierungsstätte war mit der Verlegung des Herrschersitzes nach Landshut geschwunden. Nichtsdestotrotz blieben die Wälder und Jagdgründe bei den Herzögen und den Adeligen vom Hof sehr beliebt. Regelmäßig veranstalteten sie Jagden. In Hardt legten sie einen kostspieligen Fasanengarten an. Auf der Burganhöhe wurde eine Kapelle errichtet. Wawittel beobachtete deren Bau mit Argusaugen, doch hatte er Adalbert und Margarot tief in die Erde eingebettet, niemand störte ihre Ruhe. Als er jedoch sah, wie ein Relief über der Kirchentür angebracht wurde, weinte er beinahe und dachte in tiefer Freundschaft zurück an den verstorbenen Otto: das Relief zeigte einen Drachen und einen Löwen, die einen Lebensbaum bewachten. Dies erinnerte Wawittel an den Schwur, den Adalbert einst dem kleinen Otto gegeben hatte: „Ich verspreche dir, dass dir und deiner Familie hier oben auf dem Berg kein Leid geschehen wird. Wann immer ihr uns braucht, werden wir hinter euch stehen!" ,Ja,' dachte Wawittel jetzt ,ich werde hier bleiben und diejenigen schützen, die ich liebe. Den Wittelsbachern und Wartenbergern soll hier kein Leid geschehen, solange ich dies verhindern kann!'

Und so blieb Wawittel, verborgen im unterirdischen Labyrinth und ungesehen bei seinen Ausflügen. Der Ort Wartenberg beherbergte zu dieser Zeit 5 Höfe, eine Kirche und eine Mühle. Es gehörte zum Amte Preising und wurde bei der Teilung Bayerns 1255 der niederbayerischen Gebietsherrschaft zugeschlagen. Im Jahr 1320 zählte Wartenberg bereits 28 dem Herzog gegenüber zahlungspflichtige Familien. Es gab einen Fleischer, einen Schmied, einen Kramer, einen Kellerbesitzer, einen Hutmacher und einen Bäcker. Namentlich waren diese Familien des Ortes: die Agneser, die Aengel, der Häusler, Sieghart der Fleischhackl (welcher der Metzger war), der Tener, Perchtold der Schmid (der Schmied des Ortes), Seifried den Tener, der Scharlach, der Gänter, die Güntherin, Ulrich der Kramer (mit dem Kramerladen), Ott Rennthaler, Friedrich Rennthaler, Ulrich bei der Ach, Perchtold auf dem Keller (der erste Kühlraum der Wartenberger), Rennbot, Ditel, Perchtold Pössel, Konrad Pössel, Konrad der Kreuzer, Rude der Selter, der Räm, der Huter (Hutmacher), Rästann, der Pfennigbeck (der Bäcker) und der Härrn, sowie der Hof auf dem Berg und der Hof zu Appending.

Am 19. August 1356 ließ Herzog Stephan den Wartenbergern ein Zeichen seiner Zuneigung zukommen: Wartenberg erhielt das Recht, jährlich einen

Jahrmarkt abzuhalten und zwar zum Gedenktag des Laurentius (10. August). Dieser Jahrmarkt solle vier Tage vor und vier Tage nach Laurentius dauern, legte Stephan fest. Außerdem würde Wartenberg für die Zeit des Marktes unter dem Schutz des Herzogs stehen.

Die Ernennung zum Markt folgte bald darauf, doch die Niederschrift ging bei einem Brand verloren. So dauerte es bis 1329, bis durch eine weitere Beurkundung die Marktrechte erneut niedergeschrieben wurden.

Am 20. Juli war es soweit: Heinrich der Ältere, inzwischen Herzog von Niederbayern, und seine Brüder Otto und Heinrich beurkundeten, dass die Bürger Wartenbergs bereits zu früheren Zeiten durch Heinrichs Vater Stephan, der 1310 verstorben war, die Marktrechte erhalten hatten, dieses Papier jedoch verbrannt sei. Mit dem herzoglichen Marktrecht erhielten die Bürger besondere Privilegien. Außer bei der Verhängung der Todesstrafe konnte Wartenberg im Rahmen einer niederen Gerichtsbarkeit eigene Urteile erlassen. Der Markt hatte eine Schranne, die Marktbürger ein Bürgerrecht. Wer nicht im Markt wohnte oder einheiratete, konnte auch keine Bürgerrechte erwerben. Die, die draußen wohnten, waren die sogenannten „Pfahlbürger", die im Markt wohnten die „Spießbürger". Weil die „draußen" denen „drinnen" die Bürgerrechte neideten, wurde der Ausdruck „Spießbürger" ein Sinnbild für Personen, die man nicht ausstehen kann. Wartenberg verdankte diese Markterhebung nicht zuletzt der Burg und der Tatsache, dass die Bürger den Herzögen und Kurfürsten, die dort wohnten und später zur Jagd kamen, stets treu ihre Dienste erwiesen.

Abgesehen von der inzwischen maroden Burg gab es keine geeignete Unterkunft mehr für die adeligen Jäger. Wartenberg blieb ein begehrtes Ziel der Wittelsbacher, um ihrer Jagdleidenschaft nachzugehen. Um sie in dieser Zeit standesgemäß unterzubringen, wurde eine neue Unterkunft geschaffen: das Wittelsbacher Jagdhaus.

Trotz der besonderen Stellung, die Wartenberg bei den Wittelsbachern einnahm, gab es letztendlich für die Burg oben auf dem Berg keine Rettung. Mittlerweile rund 250 Jahre alt und nicht mehr regelmäßig bewohnt, verfiel sie zusehends. Die Renovierungskosten würden immense Gelder verschlingen. Gelder, die das Herrscherhaus nicht hatte oder nicht bereit war, auszugeben. Den Herzögen Stephan der Ältere und Stephan der Jüngere aus Landshut kam eine Idee, wie sie sich aus dieser Misere befreien und gleichzeitig den Wartenbergern ihre Gunst beweisen konnten: sie verschenkten die Burg als Dank für das erlittene Leid und die bewiesene Treue.

Und das nicht ohne Grund. Nicht nur, dass der Ort mehrfach in die kriegerischen Machenschaften der Wittelsbacher Regenten hineingezogen worden war oder die Bürger als treue Diener die Krieger auf ihren Reisen begleiteten, so wollte auch noch die hohe Herrschaft bei ihren Aufenthalten im Ort gut versorgt sein. Nicht zuletzt durch die Jagd hatten die Wartenberger nämlich auch viel zu erleiden. Denn während der Jagden mussten die Bewohner des Ortes als Treiber und Helfer ihren Mann stehen und nicht wenige Male holten sie sich bei der winterlichen Jagd Erfrierungen, manch einer starb dabei sogar an Unterkühlung. Auch ihre Felder litten, wenn die hohen Herren bei der Jagd hindurchritten oder das Wild vor sich durch die Felder trieben. Ja, es war nicht leicht, den Herren stets zur Zufriedenheit zu dienen.

1373 stellten die beiden Herzöge nun einen Freibrief aus, der besagte, dass die Wartenberger die Burg und den Hof am Berg geschenkt bekämen und damit machen könnten, was sie wollten. Sie könnten ihre Häuser hinaufverlegen und künftig auf dem Berg wohnen, sie könnten die Burg aber auch abreißen und das Material für ihre eigenen Häuser verwenden. Für den gesamten Hausrat hatten sie 5 Schilling Regensburger Pfennig zu bezahlen. Das Land im Tal sollte für ein ½ Pfund jährlichen Dienstes den Wartenbergern gehören und zudem werde ihnen das Lehen Setzenbrunn vermacht.

Die Wartenberger griffen dankbar nach dem Geschenk. Sie waren jedoch nicht dumm. Was sollten sie droben auf dem Berg, wo es kein Wasser gab, wenn sie doch unten am Fuß des Berges nicht nur ihre Häuser, sondern auch ausreichend Platz und einen Bach mit sauberem Wasser hatten. Sie blieben also am Fuß des

Berges, rissen aber die Burg ab und verbauten das Material in ihre Häuser. So verschwand die Burg nach dem Jahre 1373 vom Ortsbild Wartenbergs. Nicht jedoch aus den Herzen der Menschen dort.

◊

Es war keine leichte Zeit für Wawittel. Im Jahre 1373 löste sich seine Welt sprichwörtlich in Trümmer auf. Als die Wartenberger kamen und die Burg buchstäblich vom Berg schliffen, flüchtete er in den Wald. Aus der Ferne sah er dem emsigen Treiben der Männer und Frauen zu. Schindel für Schindel bargen die Männer vom Dach, Stein um Stein von den Mauern der Burg. Die Kinder schleppten das schwere Material den Berg hinab. Alles was arbeiten konnte, war auf den Beinen. Auch die Alten und Gebrechlichen halfen mit, so gut es ging. Überwiegend Holz- und Ziegelwerk war es, was die Menschen aus dem Markt mit nach unten nahmen. Wertvolles Material, das sie verwendeten, um ihre Häuser zu erweitern, Ställe anzubauen oder für Ausbesserungsarbeiten. Auch der Hausrat der Burgherren wurde gerecht unter den bürgerlichen Familien aufgeteilt. Abends bewachten die Burschen die Ruine, um sie vor hinterhältigen Räubereien durch Burschen der umliegenden Orte zu schützen. Es herrschte eine ausgelassene Stimmung. Die Schenkung der Landshuter Herzöge stärkte nicht nur den Markt Wartenberg in seiner Stellung, sondern kam jeder der Familien im Ort zu Gute. Man war zufrieden.

Nachdem die Burg fort war blieb die Burgkapelle zurück. Und auch ein Teil des Labyrinths war erhalten geblieben. Jedoch nur wenig davon. Zwar hatten die Menschen das unterirdische Wegesystem nicht entdeckt und es durch Aufschüttungen aus den Burgresten noch besser verborgen, doch beim Abriss der Burg waren große Teile der Höhlen eingestürzt. Nur der Ausgang hinter dem Holunderbusch blieb unversehrt. Hier verbrachte Wawittel nun die meiste Zeit.

Die adelige Gesellschaft logierte inzwischen bei ihren Jagdausflügen in dem neuen herrschaftlichen Haus am Südhang. Sie nannten es das Wittelsbacher Jagdschloss. Prägte in den vergangenen Jahrhunderten die Burg auf dem Berg das Ortsbild des Marktes Wartenberg, nahm nun das Jagdhaus diese Stellung ein.
Wawittel hatte den Bau mit Interesse verfolgt. Die Wartenberger schufteten, die Bevölkerung profitierte von dem Bau. Denn für die Arbeiten wurden natürlich auch die Handwerker aus dem Markt herangezogen. Und sie arbeiteten gut. Schon bald stand ein prächtiges Haus, das bei den damaligen Verhältnissen den Ausdruck „Schloss" wohl verdiente. Im weiten Umkreis gab es kein anderes vergleichbares Anwesen. Die Wittelsbacher sorgten gut für ‚ihre' Wartenberger, vergaßen ihnen niemals ihre treuen Dienste. Im Jagdhaus wohnten die „Überreiter", die für die Jagdaufsicht und –verwaltung zuständig waren. Außerdem gab es die Gemächer für die Herrschaft,

wenn diese dort logierten. Und so zogen die Jahre ins Land.

„Wir schrieben das Jahr 1533 – obwohl, schreiben konnte damals kaum jemand. Nur die Adeligen und die Reichen aus der Bevölkerung besuchten eine Schule" erzählte Wawittel die Geschichte weiter. „Ja, mussten die Kinder denn nicht in die Schule gehen und Lesen und Schreiben lernen?" unterbrach ihn Sascha und schob gleich nach „Mann, hatten die ein Schwein!" „Ganz und gar nicht. Weißt du, die Kinder, vor allem die Kinder der armen Häusler, mussten daheim mitarbeiten. Für Unterricht blieb keine Zeit. Und außerdem gab es damals keine Schulen, so wie du sie heute kennst. Da waren die Schreibmeister, die Privatstunden gaben, aber so teuer waren, dass sich ein gewöhnlicher Bürger deren Dienste gar nicht leisten konnte. Die Kinder der Reichen und Adeligen besuchten die Jesuiterschulen, mussten also ins Kloster gehen, um zu lernen. Und glaubt mir, das war damals kein Zuckerschlecken!" „Warum, mussten die soviel lernen?" „Erstens das – die Schule dauerte den ganzen Tag und bestand meistens aus sturem Wiederholen und Auswendiglernen – und zweitens gab es damals noch die Prügelstrafe. Und die konnte ganz schön schmerzen!" „Oh," ruderte Sascha zurück „dann gehe ich doch lieber heute in die Schule!" „Ja" schmunzelte Wawittel, „da hast du wohl recht. Jedenfalls war es 1533, da bekam Wartenberg einen sehr hohen Besuch ..."

Kapitel 5
Der Besuch

„Manfried! – Manniee!" rief es den Berg herauf. „Ja Mama, ich komm gleich!" antwortete Manfried und kraxelte dann weiter in dem Baum herum. Dieser stand auf dem Nikolaiberg, gleich oberhalb des Burggrabens, wo Manfried mit seinen Eltern lebte. Sie hatten ein kleines Gehöft, das auf halbem Weg zwischen dem Markt und der Anhöhe lag. In dem Haus war nur wenig Platz, eigentlich war es nur eine Wohnstube in der auch die Betten standen, zugleich wurde dort gekocht, gegessen und gearbeitet. Der zweite „Raum" des Hauses war ein kleiner Anbau aus Holz, dort hauste das Vieh - die beiden trächtige Sauen und die fünf Hühner des Häuslers. Für das Vieh waren er und seine Mutter, Lena, zuständig. Sein Vater, der das Feld bestellen musste, das auf der anderen Seite der Strogen lag, war zur Zeit schwer beschäftigt: der Herzog hatte ihn für Arbeiten in das Jagdhaus geholt.

Natürlich war es nicht der Herzog selbst gewesen, der den Vater, Hans, ins Jagdhaus holte, sondern der Überreiter. Er war am Sonntag, gleich nach der Messe, in ihr Haus gekommen. „Hans" meinte er, „du bist doch geschickt darin, mit Holz zu arbeiten. Komm die nächsten Monate zu mir ins Haus, ich brauch dich!" Der Vater überlegte sich das genau, denn die Mahd stand an und an seinem eigenen Hof gäbe es auch einiges zu richten. Andererseits – der Adel war bekannt dafür, anständig zu löhnen und Geld konnte der kleine Häusler gut gebrauchen. Also schlug er in die Hand ein, die ihm der Überreiter anbot. Joseph, dem Überreiter, fiel ein Stein vom Herzen. Er wusste, dass er sich auf den Hans verlassen konnte und die Holzarbeiten drängten. Im Herbst bereits wollte der Herzog zur Jagd kommen, bis dahin mussten die neuen Gemächer fertig werden. Eine Holzvertäfelung hatte sich der Herzog gewünscht. Außerdem mussten zwei neue, schwere Holzbetten her, denn die neuen Gemächer sollten auch standesgemäß und bequem hergerichtet sein. Joseph seufzte. Die Holzarbeiten waren jetzt gut vergeben, nun hieß es, die nächsten Probleme anzugehen. Von Hans und Lena verabschiedete er sich, vergaß dabei nicht, dem kleinen Mannie noch über das blonde Haar zu streichen und ging zur Tür hinaus. Im Hof blickte er um sich und sah mit Genugtuung den beachtlichen Holzstoß des Häuslers, der sauber gestapelt aufgeschichtet war. Nichts anderes hatte er von Hans erwartet. Die trächtigen Sauen wühlten im Schmutz, das Federvieh pickte ein wenig lustlos im Gras. Joseph setzte seinen Hut auf und sah sich noch mal um. Manfried blickte frech aus der Tür. ‚Hoffentlich behalten's den Buben' dachte sich Joseph bei sich. Denn dieser war zwar bereits das vierte Kind der Häuslers, doch die anderen drei hatten das Kindbett nicht überstanden. Nur der Manfried war ihnen geblieben. Aber noch hatte er das 10. Lebensjahr nicht erreicht. Tief in Gedanken versunken ging der Überreiter den

Burggraben hinunter und wandte sich nach links zum Markt.

Manfried schaute ihm nach. Dann ging er wieder in die Stube, wo sich die Mutter und der Vater über den Besuch unterhielten. „Grad jetzt, wo die Mahd ansteht möchtest du gehen" klagte die Mutter. „Versteh doch, Leni, wenn ich die Arbeit mach, können wir uns im Herbst eine Kuh anschaffen!" ‚Eine Kuh!' dachte Manfried beglückt. Dann könnte er jeden Morgen eine Schale Milch trinken! ‚Lieber Gott, lass den Vater eine Kuh kaufen!' sandte er ein stilles Stoßgebet in den Himmel. „Ja, aber die viele Arbeit. Wer soll die denn machen?" jammerte die Mutter wieder und der Vater sah den Manfried an. „Der Manfried muss dir mehr helfen, hilft halt alles nix" meinte er und zu Manfried gewandt: „Wirst der Mama helfen, damit ich auf dem Schloss arbeiten und im Herbst eine Kuh kaufen kann?" „Ja Papa, ich will ganz fest helfen!" jubelte Manfried. „Dann soll's so sein" meinte der Vater und damit war das Thema für ihn erledigt.

Und jetzt rief die Mama. Die Arbeit sollte er machen, das war ihm klar. Schon bereute er das vorschnelle Versprechen, das er dem Vater gegeben hatte, aber jetzt war es zu spät. Der Vater hatte schon am Montag beim Überreiter angeklopft und war seither jeden Tag vom frühen Morgen, wenn der Hahn krähte, bis zum Abend, wenn es dunkel wurde, ins Jagdhaus gegangen. Langsam kletterte Manfried vom Baum herunter. Gerade als er sich den letzten Ast hinabhangelte, war ihm, als hätte er ein großes Tier im Wald gesehen. Da vorn, zwischen den Bäumen, hatte ihn etwas aus grünen Augen angeschaut, da war er sich ganz sicher. Aber jetzt sah er nichts mehr. Er schüttelte den Kopf und machte sich langsam auf den Weg den Berg hinunter zur Mutter.

◊

Wawittel erschrak ebenfalls, als ihn Manfrieds Blick traf. Aus reiner Neugierde war er der Kinderstimme gefolgt und hatte sich dabei zu nahe an den Buben herangewagt. Der Bub war fort. Hoffentlich hatte er ihn nicht wirklich gesehen. Wawittel langweilte sich. Umtriebig war er, weil er nicht wusste, wo er sich aufhalten sollte. Nirgends schien es ihm für einen längeren Aufenthalt geeignet. In der Kapelle konnte er sich nicht verstecken, sie wurde zu oft besucht. Das Labyrinth erschien ihm ebenfalls unsicher, denn zur Zeit waren die Arbeiter im Wald und schlugen Holz für den Ausbau des Jagdhauses. Der Ausdruck „Schloss" wollte ihm nicht über die Lippen, war das Haus doch gar kein Vergleich zu der majestätischen Burg von ehedem. Dennoch, er konnte nicht verhehlen, welch schönen Anblick das Haus bot, wenn man von Norden her den Ort besuchte. Überhaupt – Wartenberg hatte sich herausgemacht. Aus dem kleinen Flecken war inzwischen ein stolzer Markt geworden. Es gab einen Richter, der auf der Schranne unter der Linde zu Gericht saß. Allerdings musste er nicht viele Urteile sprechen, die Wartenberger waren ein friedliebendes Volk. Mehr Ärger machten da schon die Vagabunden und Hausierer, die über das Land fuhren und überall ihre Dienste anboten. Natürlich war auch eine Kirche da, die Rocklfinger Kirche. Die war noch recht neu und aus Backsteinen erbaut. Ein spitzer Hut krönte das Dach. Geweiht wurde die Kirche dem Heiligen Georg. Ehe sie gebaut wurde, mussten die Wartenberger in Langenpreising zur Messe gehen. Das war vor allem im Winter beschwerlich.

Die Menschen gingen gerne in die Messe. Denn im Anschluss daran wurde der neueste Tratsch und die Nachrichten aus Wartenberg und den umliegenden Orten ausgetauscht. Aber meist ging es beschaulich zu. Besondere Aufregung herrschte natürlich immer dann, wenn die große Herrschaft auf Besuch kam. Im Herbst 1533 war es wieder soweit: Herzog Ludwig X. hatte sich angekündigt.

◊

Herzog Ludwig X. von Bayern reiste mit seinem halben Hofstaat an, so schien es zumindest den Zuschauern in den Straßen. Die Bürger hatten sich zu Ehren des Regenten in ihr Sonntagsgewand gekleidet und säumten winkend seinen Weg. Prächtige Rösser zogen die Kutschen. Ludwig grüßte huldvoll aus dem Wagenfenster. Sein wallender Bart wölbte sich über den wertvollen Pelzumhang, den er trotz der warmen

Witterung trug. Ein dunkles Barett schmückte seinen fast kahlen Kopf. Mit ihm reisten seine Freunde Kasimir und Maximilian. Ein Weib hatte er nicht dabei – obwohl er schon 38 Lenze zählte, schien er bisher die richtige Frau noch nicht gefunden haben. Er verschwendete jedoch auch nicht viel Zeit mit der Suche. Sein ganzes Denken galt dem Streben nach Macht und der ersehnte Erfolg war dabei nicht ausgeblieben. Seit 1514 war er nun schon Herzog von Bayern und regierte das Land von Landshut aus.

Gerade während die Kutsche die Schranne passierte, lenkte eine kleine Aufruhr unter den Menschen Ludwigs Aufmerksamkeit nach draußen. Ludwig erhaschte im Vorbeifahren einen Blick auf ein schwarzhaariges Mädchen und einen kleinen, ungepflegten Buben, der heftig an dem Korb der Maid herumhantierte. Mit schwarzblitzenden Augen funkelte die Maid den Buben an und entriss ihm mit einem heftigen Ruck den Korb. Schon war Ludwig mit der Kutsche vorbei und das Mädchen und der Bub entschwanden aus seinem Blickfeld. Die Kutsche bog zwischen den Höfen in eine Bergstraße ein und unter dem Schnauben der Rösser hielt der Wagen vor einem prachtvollen Herrenhaus.

Ludwig, Kasimir und Maximilian stiegen mit steifen Gliedern aus dem Wagen. Ein Lakai war sofort herbeigesprungen, öffnete den Wagenschlag und stellte einen Schemel als Tritthilfe unter die Tür. Während Ludwig durch das breite Eingangstor in die Halle des

Herrenhauses schritt, kam Joseph auf ihn zugeeilt und begrüßte ihn mit einer unterwürfigen Verbeugung. „Gehabt Euch wohl" erwiderte Ludwig seine Aufwartung, „was gibt es Neues?" „Herr, Euer Schlafgemach steht bereit und auch für Ihre Gäste ist alles gerichtet." „Habt Ihr neue Betten machen und die Wände vertäfeln lassen, wie ich es Euch befohlen habe?" „Ja, Herr, ein handwerklich sehr geschickter Häusler aus dem Ort hat sich darum gekümmert. Sie werden sehen, es ist prächtig geworden".

Zufrieden führte Joseph die Herrschaft in die neuen Gemächer, wo sie sich bis zum Abendessen ausruhen konnten. Und Ruhe tat gut, denn schon für Morgen in aller Frühe war ein Jagdausritt vorgesehen.

Über den Wartenberg brachen die ersten Sonnenstrahlen durch das dichte Blätterdach des Waldes. Die Vögel zwitscherten ihr Morgenlied. In den Bäumen und Sträuchern glitzerten die silbernen Fäden der Spinnen. Der graue Nebel hob sich im Tal von den Feldern und langsam fraß die aufgehende Sonne die Nebelschleier auf. Ein wunderschöner Altweibersommertag begann. „Herrlich" sagte Ludwig, und tat einen tiefen Atemzug in der klaren Morgenluft, als er mit seinen Begleitern Kasimir und Maximilian vom Hofe ritt. „Wisst ihr, immer wenn ich das Gefühl habe, in der Politik und den Tagesgeschäften zu ersticken, denke ich an die herrlichen Jagdtage hier!" „Sicherlich," lachte Maximilian „und nebenbei säckelst du bei deinen tristen Tagesgeschäften eine Menge Geld ein!" „Ich kann nicht klagen," murmelte Ludwig zustimmend "an Geld mangelt es mir nicht. Doch davon kann ich mir meinen größten Herzenswunsch nicht erfüllen." Stumm ritten die drei weiter, Maximilian und Kasimir wussten genau, was sich Ludwig wünschte – ein trautes Heim mit einem treuen Weib und einen Nachfolger. Aber bisher hatte sich die Richtige noch nicht gefunden. Wer weiß, vielleicht fand er sie nie. Hatte er doch selten Zeit für andere Dinge als seine Politik.

Der kühle Wald umfing sie nun und die Geräusche der Vögel draußen verstummten. Jetzt hörten sie nur noch hin und wieder das „Tock, tock, tock" eines Spechtes auf dem Baum, oder das Geräusch flink huschender Hasenpfoten. Das niedere Wild interessierte sie heute jedoch nicht, Joseph hatte von einem kapitalen Bock in Auerbach berichtet. Dorthin wollte sie. Sie lenkten ihre Rösser vorbei an dem Platz der ehemaligen Burg, dort, wo heute nur noch die kleine Kapelle stand, die dem heiligen Nikolaus geweiht war. Anschließend ging es über den Herz-Jesu-Berg nordöstlich von Wartenberg, bis im Tal vor ihnen eine Ansammlung kleinerer Höfe erschien: Auerbach. Sie waren ohne Helfer unterwegs, Ludwig wollte den Tag alleine mit seinen Freunden genießen. So dauerte es lange, bis sie den Bock aufspürten. In einer kleinen Lichtung stand er endlich vor ihnen. „Er ist schöner, als Joseph ihn beschreiben konnte" flüsterte Ludwig. „Ein stolzer Bock" meinte auch Kasimir zufrieden und reichte Ludwig seinen Bogen. Fast lautlos spannte der Regent die Sehne und mit einem leisen Surren zischte der Pfeil davon. Zufrieden beobachteten die drei, wie der Pfeil sicher und gerade sein Ziel erreichte. „Blattschuss" lobte Maximilian, als der Bock in die Knie ging. Gemeinsam machten sie sich auf, das erlegte Tier zu holen.

Es war schon fast Mittag, als das Trio wieder den Markt erreichte. Diesmal ritten sie durch den Ort. Gemächlich trabten die Pferde über die Schranne auf der gerade dichtes Treiben herrschte. Es war Markttag und viele Standleute boten ihre Waren feil. Angeboten wurden nicht nur Schweine und Rinder, sondern auch Körner und Gemüse. Ludwigs Aufmerksamkeit galt plötzlich einer schwarzhaarigen Magd, die selbstgesammelte Pilze und saftige Äpfel in Körben vor sich anbot. Er ritt auf sie zu. Die Magd blickte auf, als der Reiter so plötzlich vor ihr stand und als sie erkannte, wer er war, sank sie sofort auf die Knie und blickte ergeben zu Boden. Ludwig räusperte sich. „Steht auf" befahl er und sofort rappelte sich die Magd wieder hoch. Unauffällig versuchte sie sich den Schmutz vom Gesicht zu wischen. „Herr, ich grüße Euch. Was kann ich für Euch tun?" fragte sie und wagte dabei kaum, ihre Augen zu heben. „Was für einen Tumult gab es gestern bei meiner Ankunft? Ich kann Unruhen nicht ausstehen!" Verwirrt blickte die Magd den Herzog an. „Gestern?" Dann dämmerte es ihr sichtlich „Oh, bitte verzeihen Sie mein ungeschicktes Verhalten, aber ein vorlauter Bursche versuchte, mir meine Äpfel aus dem Korb zu stehlen. Dabei hatte ich sie frisch gepflückt um sie heute feilbieten zu können" und sie zeigte auf die Körbe neben sich. Erstaunt blickte Ludwig auf ihre Augen, die sich, als sie von dem Vorfall erzählte, in zwei schwarze Kohlen zu verwandeln schienen. Den gleichen Blick hatte sie auch gestern und er war fasziniert davon. Dann bemerkte er, dass er sie länger anstarrte, als der Anstand das erlaubte. „So, so," murmelte er „unter diesen Umständen möge dir verziehen sein." Sie hatte sich um ihre kümmerlichen Waren gesorgt und ihm wurde klar, dass die Äpfel und Pilze wohl ihr geringes Einkommen aufbessern sollten. Gerade als er sein Pferd abwenden wollte schien ihm etwas einzufallen und er wandte sich nochmals zu der Magd um. „Bring die beiden Körbe mit den Äpfel und den Pilzen in das Jagdschloss, ich werde sie dir abkaufen. „Ja, Herr" stotterte die Magd und versank erneut in einen tiefen Hofknicks, der allerdings mangels Übung etwas verrutscht aussah. „Vielen Dank, Herr, ich bringe es sofort hinauf". Nun wandte Ludwig endgültig sein Pferd ab und ritt langsam weiter, seine stummen Freunde im Gefolge. Diese wunderten sich nicht schlecht über ihn. Ein Herzog, der selbst auf dem Markt einkaufte? Das gab's wohl noch nie. Maximilian feixte Kasimir zu und blickte dann zurück zu der schwarzhaarigen Magd, die gerade ihre Körbe zusammenraffte. Auch Kasimir blickte noch einmal zurück. Ob die Magd es Ludwig angetan hatte? Sie wagten es jedoch beide nicht, ihren Freund darauf anzusprechen. Der schien Kasimir und Maximilian auch schlicht vergessen zu haben, denn er trabte langsam voran und wirkte völlig in Gedanken versunken.

Am Abend ließen die drei sich den erlegten Bock schmecken. Das Wild war von der Köchin schmackhaft zubereitet worden, dazu gab es Brotknödel und Pilze, zum Nachtisch einen Apfelkompott. Beim Anblick des Nachtisches holte Ludwig den Überreiter. „Joseph, hat das heute die schwarzhaarige Magd geliefert?" „Ja Herr, sie war am späten Vormittag hier." „Hast du sie anständig bezahlt?" „Ich habe ihr den üblichen Preis für die Ware bezahlt." „Weißt du, woher sie stammt?" Verwundert schaute Joseph den Herzog an. „Ja, sicher, sie stammt aus einer armen Häuslerfamilie aus Preising und hat sich beim Bauern Penker verdingt. Das ist der angesehenste Bauer hier im Ort und erlaubt seinen Mägden und Knechten nebenbei noch Geld hinzuzuverdienen. Neben ihrer Arbeit sammelt sie daher im Wald Pilze oder pflückt das Obst von den Bäumen und verkauft es am Markt. Mit dem Geld unterstützt sie ihre Eltern." Damit ließ es der Herzog gut sein, doch er blieb für den Rest des Abends wortkarg und schien mit seinen Gedanken weit fort zu sein. Maximilian und Kasimir kannten die Angewohnheit ihres Freundes, sich zurückzuziehen, wenn ihn ein Problem beschäftigte und akzeptierten seine Zurückhaltung. Sie hatten auch eine Vermutung, warum die unbekannte Magd Ludwig so aus der Fassung gebracht hatte. Aber ohne sich abzusprechen wussten sie, dass sie besser den Mund hielten.

Ludwig indes zog sich nach dem Abendessen zurück und machte sich auf zu einem einsamen Spaziergang. Er schritt den Weg hinauf zum Wartenberg, der inzwischen im Volksmund wegen der Burgkapelle, die dem heiligen Nikolaus gewidmet war, Nikolaiberg genannt wurde. Oben angekommen setzte er sich auf einen Baumstumpf und blickte von seinem hohen Aussichtspunkt aus hinaus ins weite Land. Unter ihm im Tal lagen um die Schranne geschart die Höfe und Katen der Bauern und Häusler. Dahinter verlief die Strogen, die jetzt nur als schemenhaftes Band im Mondlicht schimmerte. Gesäumt wurde sie von hohen Gräsern die sanft im Wind wogten, von Weiden, deren Äste sich wie ein Wasserfall ins Wasser ergossen und von Sträuchern, die sich jetzt im Übergang von Spätsommer auf Frühherbst unter der Fülle ihrer Früchte bogen. Silbernes Mondlicht warf glänzende Lichter auf die Bäume. Lange starrte er auf das idyllische Bild unter ihm und deutlich wurde ihm bewusst, wie arm die Menschen da unten waren.

Die Magd hatte ihn deshalb so irritiert, weil er einmal ein Mädchen mit den gleichen glutvollen Augen und dem rassigen schwarzen Haar gekannt hatte. Doch ehe er sie zu der Seinen hätte machen können, hatte die Pest sie dahingerafft. Seither gab es keine feste Beziehung mehr in seinem Leben. Ludwig stürzte sich vollständig in seine Arbeit und abgesehen von einigen wenigen Liebeleien, die jedoch weder von Dauer noch von wahrer Liebe waren, gab es bisher keine Frau mehr in seinem Leben. Nur die eine, die war in sein Herz eingegraben und würde es wohl nicht mehr hergeben.

Die Begegnung mit der Magd hatte Ludwig nicht nur gezeigt, dass er noch immer nicht über den Tod seiner Liebsten hinweg war, solange dies nun auch schon her sein mochte. Es hatte ihm auch die Augen darüber geöffnet, unter welchen Umständen die Menschen hier lebten. Seit der Hofstaat nach Landshut gezogen war, blieben den Menschen hier nur noch die Früchte ihrer harten Arbeit um zu überleben. Lediglich die Jagden, die der Hof hier abhielt, verhalfen dem Ort noch zu einem gewissen Einkommen und einem Stück Ansehen. Ludwig liebte die Ruhe und Stille in Wartenberg. Wenn er hier verweilte schien die Zeit ein wenig langsamer zu gehen und seine Seele erholte sich bei den Jagdausflügen in den Wäldern. Dieses Idyll musste erhalten bleiben! Hätte er einen Sohn, er würde ihn hier aufwachsen lassen. Unter diesem Volk, das so gerade und urwüchsig war, so unverbogen und authentisch. Schade, dass die Burg nicht erhalten geblieben und abgerissen worden war. Wie schön wäre es heute, ein solches Relikt zu bewohnen. Aber sein Platz war in Landshut. Er überlegte, was er für die Bürger von Wartenberg tun könnte. Eine Idee setzte sich in seinem Kopf fest, vage nur und noch unausgegoren, aber sie war da und er wollte die Zeit seines Aufenthaltes nützen, um sie auszuführen.

Schon am nächsten Morgen holte er Joseph zu sich und fragte ihn über die Bewohner des Ortes aus. Wer der angesehenste Bewohner war, das hatte ihm der Joseph schon am Vortag beantwortet, das war der Penker. Es gab außerdem eine Bäckersfamilie, die Todtfeilers, die das schmackhafte Brot buken, das Ludwig hier so gerne aß. Die Todtfeilers hatten fünf Kinder zu ernähren, aber sie konnten als einigermaßen wohlhabend betrachtet werden. Ebenso die Preuningers, die Schornsteinfeger. Daneben gab es aber auch einige Häuslerfamilien, denen es weniger gut ging. Sie lebten mehr recht als schlecht, je nachdem, wie die Ernte ausfiel oder wie gut sich die Männer der Familien als Handwerker verdingen konnten. Ludwig wollte wissen, ob Joseph eine Familie kannte, die besondere Unterstützung bräuchte. Und er setzte ihm seine Idee auseinander. Sofort kam Joseph der Häusler Hans in den Sinn. Dessen eine Sau war letztlich eingegangen als sie warf, weder die Sau, noch die Ferkel hatten gerettet werden können. Gerade jetzt, wo seine Frau wieder schwanger war und es ihr dabei gar nicht gut ging. Sie würde für einige Zeit bei der Arbeit ausfallen. „Der Häusler Hans!" rief er und erzählte dem Herzog von dessen Not. „Außerdem ist er ein anständiger Mann, er hat die Holzvertäfelung gemacht und die neuen Betten gebaut. Sein Sohn Manfried ist ein heller Kopf, aber Geld für eine Schule haben die beiden natürlich nicht." „Dann soll es so sein. Schickt mir den Hans und den Manfried morgen her, ich werde mit ihnen reden."

Der Häusler Hans und seine Frau staunten nicht schlecht, als noch am gleichen Tag der Joseph in ihre Häuslerhütte kam und Ihnen mitteilte, der Herzog wünsche den Hans und den Manfried am nächsten Morgen zu sehen. Den ganzen Abend zerbrach sich das Paar den Kopf, was der Herzog von ihnen – und vor allem von Manfried! – wollte. Umständlich zog der Hans am Morgen seine Sonntagshose und sein Sonntagshemd an. Beschämt schaute er auf die abgewetzten Stellen im Stoff, aber er konnte es nicht ändern – er hatte kein besseres. Der Manfried hatte seine gute kurze Lederne an – das war für den Buben Alltags- und Sonntagsgewand, denn mehr als zwei Kurzlederne hatte er nicht. Nachdem er sich die Hände und Füße - wie von der Mutter extra ermahnt – sauber geschrubbt hatte, zog er seine Sandalen an. Mit Wasser bändigte er seinen widerspenstigen Schopf, aber ein kecker Schippel widerstand allen Versuchen. Prüfend schaute die Mutter, ob Manfried sich auch wirklich ordentlich gewaschen hatte und strich mit der Hand über seinen Haarschopf. „Behüt euch Gott!" sagte sie und drückte Manfried fest an sich. Ein unruhiges Gefühl hatte sie schon den ganzen Morgen über im Griff, so, als ob Unheil in der Luft liege. Doch sie schob die schwarzen Gedanken beiseite. Was sollte schon geschehen? Schließlich ließ sie Manfried los, der Vater schaute schon ungeduldig. Er hatte für diese offensichtliche Zurschaustellung von Gefühlen nichts übrig. „Komm jetzt!" ermahnte er Manfried und verabschiedete sich von seiner Frau mit einem „Pfiat di Gott!"

Zusammen mit dem Vater machte sich Manfried nun auf den Weg. Sie gingen hinter dem Hof auf einem steilen Weg den Berg hinauf, überquerten den Burgberg mit der Nikolaikapelle und stiegen im Süden wieder hinab, bis sie auf das Jagdhaus stießen. Joseph ließ die beiden eintreten und führte sie in die Stube, wo er sie bat, Platz zu nehmen und zu warten.

Neugierig blickte Manfried durch das geöffnete Stubenfenster hinaus. Draußen waren gerade ein paar Stallburschen damit beschäftigt waren, die prachtvollen Rösser der Herrschaft zu striegeln. Zwei Jagdhunde tobten herum und schnappten nach den Schwänzen der Pferde, die nervös tänzelten, aber das Spiel der Hunde wohl gewöhnt waren und daher nicht ausschlugen. Einer der Stallburschen scheuchte die Hunde nun fort und sie trollten sich über die Wiese.

Schwere Schritte erklangen im Flur und Manfried richtete sich angstvoll auf. Da kam auch schon der Herzog. Mit seiner mächtigen Erscheinung füllte er den Türrahmen mühelos aus. Sofort sprang der Vater von seinem Stuhl auf und auch der Manfried tat es ihm nach, doch der Herzog hob beschwichtigend die Hand. „Bleiben's doch sitzen" bat er verbindlich und reichte den beiden die Hand, die sie ehrfürchtig ergriffen. Er setzte sich zu ihnen und schon nach fünf Minuten hatte er den beiden seinen Plan dargelegt. Als er endete, schauten Hans und Manfried den Herzog sprachlos an.

Manfried war der erste, der sich wieder fing. Er juchzte auf und rief „Ja, Papa, bitte erlaube es, bitte!" und der Herzog lächelte, weil sein Vorschlag bei Manfried Gefallen fand. Langsam setzte Hans zum Sprechen an. „Habe ich Sie richtig verstanden, sie wollen den Manfried mitnehmen auf den Hof und dort eine Schulbildung und Ausbildung zukommen lassen?" Der Herzog nickte. „Und wir müssen das nicht bezahlen?" Wieder nickte der Herzog. „Warum sollten Sie das für uns tun?" „Weil" erklärte der Herzog geduldig „ich den Wartenbergern etwas schulde. Und weil ich helfen will, wo ich helfen kann. Wenn ich dem Joseph Glauben schenken mag, können Sie im Moment jede Hilfe gebrauchen und der Manfried ist ein kluger Kopf. Wenn er nicht mehr bei Ihnen lebt, wird es für Sie und ihre Frau leichter, immerhin soll ja bald noch ein Kind ins Haus kommen, wie ich hörte. So haben Sie einen Esser weniger. Und ich bin sicher, dass mir der Manfried später, wenn er fertig ausgebildet ist, hier in Wartenberg gute Dienste leisten mag, oder?" „Auf mein Ehrenwort!" versprach Manfried und so stimmte der Vater dem Vorhaben schließlich zu.

◊

Es dämmerte schon, als Manfried an diesem Abend in den Wald ging. Lange hatten er, sein Vater und seine Mutter beieinander gesessen und über das ungewöhnliche Angebot des Herzogs gesprochen. Auch wenn Leni Manfried am liebsten nicht hätte gehen lassen, so wollte sie doch das Beste für ihren Buben. „Ich hab' Angst, dass du uns vergisst, wenn du unter so noblen Leuten lebst!" Liebevoll nahm er ihre Hand und streichelte sie zärtlich. „Nein Mama, ich versprech' dir, dass ich nie vergesse, wo ich herkomme. Du brauchst keine Angst um mich zu haben!" Da nickte sie, drückte ihn fest an sich und flüsterte: „Ich hab schon immer gewusst, dass du was ganz besonderes bist!"

Nun war er in den Wald gegangen. Suchend schaute er sich um. Schon längst glomm in ihm der Verdacht, dass sich im Wald ein Wesen herumtrieb, das weder Mensch, noch Tier war. Ein bisschen mulmig war ihm bei der Suche, doch die Angst unterdrückte er. Bald schon sollte er mit dem Herzog mitgehen. Doch vorher hatte er hier noch etwas zu klären.

Schon vor einiger Zeit war ihm das Wesen zum ersten Mal begegnet, doch damals hatte er geglaubt, seine Fantasie spiele ihm einen Streich. Als er vor einigen Wochen seinen selbstgebastelten Bogen beim Spiel im Wald hatte liegen lassen, lag dieser wie durch Geisterhand am nächsten Morgen vor der Tür. Er war sich sicher, dass weder sein Vater dafür verantwortlich war (der hätte ihn bestimmt ausgeschimpft, weil er so nachlässig war), noch einer der Nachbarn. Von denen scherte sich keiner um sein Spielzeug. Nein, irgendjemand – oder irgendetwas – Unbekanntes war der Grund dafür. Und seit gestern war er sicher, dass es da ein fremdes Wesen im Wald gab. Denn da war er beim Spielen zu tief in den Wald geraten und hatte eine Wildsau aufgeschreckt, die dort mit ihren Ferkeln unterwegs war. Noch ehe er Fersengeld geben konnte, war die Wildsau bereits auf ihn losgegangen. Er war so erschrocken, dass er sich nicht vom Fleck rührte. Sie hatte ihn schon beinahe erreicht, als sie plötzlich abrupt abbremste und wie durch ein Wunder in die Gegenrichtung floh, als sei ihr der Teufel persönlich begegnet. Verwundert blickte Manfried sich um. Was hatte die Sau so erschreckt? In diesem Moment sah er etwas Rotes im Wald verschwinden.

Nun wollte er wissen, wer oder was sich da im Wald herumtrieb und bahnte sich seinen Weg durch Bäume und Sträucher. Wawittel hatte Manfrieds Bemühungen, ihn zu finden, längst bemerkt. Also hatte Manfried ihn doch gesehen. Vielleicht hätte er den Bogen nicht vor die Tür legen sollen, aber er wusste, dass der Bub außer dem Bogen kaum Spielsachen hatte. Seit seiner ersten Begegnung beobachtete er ihn bei seinen Ausflügen in den Wald. Zu gerne hätte er ihn angesprochen, denn viel zu lange schon fehlte ihm ein Freund. Schließlich überwand er seine Scheu und zeigte sich nun dem Buben. „Hallo Manfried" sagte er leise und trat hinter einem Strauch hervor, wo er sich versteckt hatte. Manfried zog hastig die Luft ein, als er das Wesen sah. Es war nicht nur groß und rot, es war ein Drache! Und es sprach! Langsam ging er zwei Schritte rückwärts, war von seinem eigenen Mut überholt worden und hatte im Moment nur noch das Gefühl, weglaufen zu wollen.

„Keine Angst," sagte das rote Wesen jetzt „ich tu dir nicht weh. Du hast von mir nichts zu befürchten!" Zweifelnd blickte Manfried ihn an. „Wer bist du? Was willst du von mir" fragte er misstrauisch, bereit bei der kleinsten Bewegung des Wesens davonzulaufen. „Ich bin Wawittel" erwiderte der Drache. „Ich will dein Freund sein!" Und er sah Manfried mit solch treuen Augen ein, bis dieser erleichtert zu lachen begann und Wawittel stimmte in sein Lachen ein.

Bis zu seinem Abschied von Wartenberg traf sich Manfried nun jeden Tag mit Wawittel. Dieser war traurig, denn gerade als er seinen neuen Freund gefunden hatte, sollte dieser schon bald diesen Ort und damit auch ihn verlassen. Tagelang hatte Wawittel ihm seine Geschichte erzählt, von seinen Eltern, von Otto und von Ludwig dem Kelheimer. Neugierig und überwältigt hatte Manfried seinen Geschichten gelauscht. Wohl hatte er gewusst, dass dort oben auf dem Berg einst eine Burg gestanden hatte, doch Dank Wawittels Erzählungen erwachten die Menschen aus der Geschichte nun zum Leben, wurden plastisch und er bekam das Gefühl, sie zu kennen. Manfried konnte sich in seiner Fantasie genau ausmalen, wie es damals in Wartenberg gewesen sein musste. Als Wawittel erzählte, dass er nun schon seit zwei Jahrhunderten quasi obdachlos war, ergriff Manfried Mitleid. „Wie gerne würde ich für dich einen Palast bauen, in dem du wohnen kannst" meinte er, doch Wawittel winkte lachend ab. „Ein warmes Plätzchen im Winter und ein kühles im Sommer, das würde mir schon reichen. Aber ich bin nicht unzufrieden. Hier im Wald ist es im Sommer schon angenehm. Aber im Winter bleibt mir nur die Nikolaikapelle und du glaubst gar nicht, wie kalt es dort ist!"

Der Tag des Abschieds war gekommen. Manfried versprach Wawittel, sein Geheimnis für sich zu behalten und ihn außerdem immer zu besuchen, wenn er in Wartenberg war. Als Manfried im Gefolge von Ludwig davon zog, stand Wawittel traurig vor der Nikolaikapelle und sah den Tross im Tal davon ziehen.

◊

So nahm Ludwig den kleinen Manfried zu sich und ließ ihn, zusammen mit seinem Neffen Albrecht, von katholischen Priestern unterrichten. Zwischen Manfried und dem vier Jahre jüngeren Albrecht entstand eine tiefe Freundschaft, die auch dadurch nicht geschmälert wurde, als Albrecht im Alter von 12 Jahren zum Studium nach Ingolstadt ging. Wann immer der Herzog auf Jagd nach Wartenberg ging, nahm er Manfried mit und so konnte dieser in Kontakt mit seinen Eltern und den beiden Geschwistern, die später noch zur Welt kamen und zum Glück der Eltern auch überlebten, bleiben. Nach Ludwigs Tod 1545 blieb Manfried am Hofe, der nun von Ludwigs Bruder und Mitregenten Wilhelm IV., Albrechts Vater, alleine regiert wurde. Auch dieser besuchte die Jagd in Wartenberg und nach

Ludwigs Tod zog er sich für einige Zeit in die ruhigen Wände des Jagdschlösschens zurück. Er war Ludwigs Wunsch gefolgt und hatte die Jagd in Wartenberg beibehalten. „Für die Menschen dort ist es wichtig, dass die Jagd bestehen bleibt und ich habe nirgends so viel Ruhe und Erholung gefunden, wie in Wartenberg" war er von Ludwig ins Vertrauen gezogen worden. Viele Jahre später kehrte Manfried für immer nach Wartenberg zurück – als Überreiter und Nachfolger von Joseph. Inzwischen war Albrecht neuer Herzog von Bayern. Manfried bewohnte das Jagdschloss und erlebte noch dessen Umbau in den Jahren 1579 und 1580. Das Jagdschloss bekam einen Anbau, wurde erweitert und bot einen prächtigen Anblick.

Niemand erfuhr jedoch von den heimlichen Umbauarbeiten, die Manfried dabei vorgenommen hatte. Er schuf einen Kellerraum, eine Erweiterung eines alten Kühlgewölbes, in dem Wawittel fortan wohnen konnte. Durch eine geheime Tür konnte dieser sein Heim verlassen oder betreten, ohne dabei von den Bewohnern gesehen zu werden. Und an manchen Abenden schlich sich auch der alte Manfried noch zu Wawittel und die beiden redeten von den guten, alten Zeiten, die schon lange, lange vorbei waren.

◊

„Und seither lebst du im Jagdhaus?" fragte Sascha, als Wawittel am Ende der Geschichte angekommen war.

„Ja und ich bin gerne hier. Weißt du, ich habe in der Zeit hier viel erlebt, im Guten, wie im Schlechten" antwortete dieser weise. „Wie war es denn zu dieser Zeit hier, ich meine, war es so wie heute?" „Nein, ganz anders. Erstens gab es noch keine Autos, nur Pferde. Die Straßen waren auch nicht geteert, sondern nur so, wie heute die Feldwege. Mancherorts waren die Straßen oder Plätze auch gepflastert, aber hier in dem kleinen Ort gab es das lange noch nicht. Es herrschten Krankheiten und Kriege, Armut und Hunger. Du kannst froh sein, dass du heute lebst!" „Da hast du sicher recht, aber das Leben war bestimmt richtig aufregend!" „Na ja," lenkte Wawittel ein, „manchmal war hier wirklich einiges los. Wenn ich da an die Aufregung mit Ferdinand denke..!" „Erzähl doch!" drängten die Kinder den Drachen und so erzählte dieser die Geschichte von Ferdinand und Marie.

Kapitel 6
Die Grafen von Wartenberg

Seit Wawittel im Jagdschloss wohnte, hatte er es stets bewerkstelligt, sich vor dessen Bewohnern und Gästen verborgen zu halten. Doch von seinem Versteck aus verfolgte er mit Interesse ihre Aktivitäten. Das unterirdische Gewölbe, in dem er sich befand, konnte er nicht nur über eine Geheimtür verlassen, die sich hinter dem Kamin versteckt befand, sondern es gab auch eine Verbindung zu dem im Berg eingegrabenen Kellergewölbe. Hier lagerten die Bewohner das von der Herrschaft erlegte Wild. Nicht selten stillte auch Wawittel dort auch seinen Hunger und musste daher den Berg nur selten verlassen.

Manchmal aber drängte es ihn nachts hinaus zu den Menschen und zur Nikolaikapelle, wo er im Schutz der Dunkelheit seiner Eltern gedachte. Doch wenn außer Wawittel niemand im Haus und die Gefahr entdeckt zu werden gering war, schlich er sich nach oben in die Wohnräume der Menschen und blickte aus den Fenstern hinab auf den Ort. Im Süden wanderte sein Blick auf das Hügelgebiet. Eine kleine Straße führte dort aus den Ort hinaus. Einzelne Höfe standen im Tal und auch eine Mühle. Im Westen blickte er hinab in das Herz des Ortes. Dort war die Schranne, voller pulsierenden Lebens. Etwas entfernt lag Lern und sein Blick konnte bis weit in die Ferne schweifen.

Nicht selten belauschte er auch die Gespräche der Leute im Haus. Über den Kamin konnte er allerhand mithören, so erfuhr er auch alles, was sich im Markt selbst oder bei der adeligen Herrschaft abspielte. Viele politischen Probleme und Entscheidungen wurden im kleinen Kreis erörtert, wenn die Herrschaften nach der Jagd in der Stube saßen und zechten. Aber auch allerlei Privates kam dabei zu Tage, alltägliches, aber auch äußerst delikate Angelegenheiten. Sa nahm es so mancher Adelige mit der ehelichen Treue nicht so genau oder hatte andere Laster, über die sich die Herrschaft das Maul zerrissen. Nicht selten bekam Wawittel den Tratsch des Hofes mit.

Eines Tages, der regierende Herzog Wilhelm V. und dessen Bruder Herzog Ferdinand, beides Söhne von Herzog Albrecht V., verweilten zur Jagd in Wartenberg, konnte Wawittel einer Unterhaltung der beiden zuhören. Ferdinand, der das 30. Lebensjahr schon überschritt und längst hätte verheiratet sein sollen, war nicht nur noch immer ledig, sondern hatte für Wilhelms Geschmack einen viel zu losen Lebenswandel. Es reichte nicht, dass er das Geld mit vollen Händen zum Fenster hinauswarf, auch die Wahl seiner Liebschaften waren nicht nur zahllos, sondern mitunter auch wahllos. Eine „gute Partie" hatte er noch nicht gefunden – und das in seinem Alter! An diesem Abend redete Wilhelm Ferdinand ins Gewissen: „Du weißt, dass ich deine Verbundenheit und deinen Einsatz für Vater und mich sehr zu schätzen weiß. Wir haben dir das auch stets bewiesen und deine Eskapaden bezahlt. Erinnere dich, dass Vater dir nicht nur viel Geld für dein Studium in Ingolstadt gegeben hat, sondern auch für dein Haus in München. Und wir bürgen für deine Schulden. Ich finde, es wäre an der Zeit, dass du dich revanchierst und mit einer lukrativen Heirat künftig dein Auskommen sicherst. Von deiner Apanage alleine kannst du deinen Lebenswandel nicht bestreiten. Ich kann dir nicht bis an dein Lebensende aus deinen Schulden heraushelfen. Was meinst du?" Ferdinand ließ sich Zeit mit seiner Antwort. „Lieber Bruder, ich verstehe deine Besorgnis. Aber kannst du mir sagen, welche der adeligen Frauen mit Geld ich heiraten soll? So viele davon gibt es auch nicht und eins sage ich dir, eine hässliche nehme ich nicht!" „Ich dachte eher an Maria Stuart. Was hältst du von ihr?" Ferdinand seufzte. Die Kuppelversuche seines Bruders nervten ihn. Die adeligen Frauen, die er kannte, interessierten ihn nicht. Andererseits war da aber auch der finanzielle Aspekt zu berücksichtigen. Eine standesgemäße Heirat würde seine Geldsorgen ein für alle Mal beenden. „Na gut" stimmte er schließlich mit einem Seufzen zu, „wenn du das arrangieren kannst werde ich Maria Stuart zur Frau nehmen."

Es stellte sich jedoch heraus, dass dies nicht möglich war. Maria Stuart befand sich in Gefangenschaft der Königin Elisabeth von England und ihre Befreiung scheiterte. Damit waren Wilhelms Pläne für Ferdinand vorerst vom Tisch und Ferdinand wandelte weiter auf Freiersfüßen.

Nicht lange danach hatte er ein Erlebnis, das für sein weiteres Leben – und auch für die Wittelsbacher und Wartenberger – noch eine bedeutende Rolle spielen sollte. Er begegnete Marie Pettenbeck.

Sie war die 13jährige Tochter des Landrichters Georg von Pettenbeck, der erst kurz zuvor im Auftrag des Herzogs nach Haag versetzt worden war, wo er für diesen als Pfleger und Kastner tätig wurde. Dies war eine sehr verantwortungsvolle und hohe Position. Stand und Ansehen Pettenbecks bei der herzoglichen Familie waren entsprechend hoch. Allerdings – er war kein Adeliger und somit auch keines seiner acht Kinder. Zu diesen gehörte auch die noch junge, hübsche und kluge Marie. Als Ferdinand nun in Haag auf die Jagd gehen wollte, kreuzten sich zufällig ihre Wege. Da er bei dieser Begegnung sein schlichtes Jagdgewand trug und auf jeglichen, seinen Adel offenbarenden Schmuck verzichtet hatte, erkannte Marie ihn nicht. Sie war gerade im Wald und pflückte Beeren, als Ferdinand auf seinem edlen Ross daherritt. Bei ihrem Anblick hatte er sie jedoch sofort als jenes Mädchen erkannt, das ihm in München schon einige Male aufgefallen war, als diese ihren Vater an den Hof begleitete. Allerdings waren sie einander weder vorgestellt, noch hatten sie je miteinander gesprochen. Und nun präsentierte sich ihm das Mädchen sozusagen auf dem silbernen Tablett! Sie hatte das geflochtene Haar wie eine Krone um den Kopf gewunden, einige der Strähnen hatten sich bei ihrer Arbeit gelöst und fielen nun lockig um ihr süßes und unschuldiges Gesichtchen. Damit ihr langer Rock sich nicht ständig in den Dornen der Sträucher verfing hatte sie dessen Saum im Bund festgesteckt und so konnte Ferdinand ausgiebig ihre schlanken Fesseln und strammen Waden bewundern, ehe er sie ansprach. „Welch schöner Anblick an diesem Morgen" begrüßte er das Mädchen. Mit einem Aufschrei fuhr sie herum und ließ beim Anblick des Jägers, der so unverschämt auf ihre Beine starrte, die Schüssel mit den Beeren fallen. „Herr im Himmel, Jäger, was habt Ihr mich erschreckt! Seht Ihr denn nicht, dass ich Beeren pflücke?" rief sie verärgert während sie am Rock zerrte damit dieser wieder züchtig ihre Beine bedeckte. Mit einer verlegenen Geste strich sie sich die gelösten Locken aus dem geröteten Gesicht. „Was habt Ihr in diesem Wald verloren? Wisst Ihr nicht, dass die Jagd hier dem Hof gehört? Ihr habt kein Recht, hier zu jagen!" kanzelte sie den Fremden, jetzt ganz Tochter ihres Vaters, selbstbewusst ab. Ferdinand wusste, wenn er ihr jetzt verriet wer er war, würde sie sich furchtbar darüber schämen, sich ihm gegenüber im Ton vergriffen zu haben und so log er: „Das ist schon in Ordnung, ich bin Jäger im Dienst des Herzogs und in seinem Auftrag hier, um nach dem Rechten zu sehen" erklärte er und sofort wurde sie freundlicher. „Das ist dann natürlich etwas anderes. Kann ich Ihnen denn behilflich sein? Ich führe Sie auch gerne zu meinem Vater, das ist der Landrichter Pettenbeck." „Nein, nein" winkte Ludwig hastig ab, „das ist nicht nötig. Ich habe mich bereits umgesehen und festgestellt, dass der Wald völlig in Ordnung ist. Ich werde dem Herzog melden, dass die Verwaltung hier bestens funktioniert!" „Das ist sehr nett von Ihnen" antwortete Marie erleichtert. Da würde sich der Vater sicherlich freuen, denn nichts wäre ihm unangenehmer, als ein unzufriedener Herzog. „Darf ich Ihnen behilflich sein, Ihre Beeren wieder aufzusammeln?" fragte Ferdinand und schwang sich, ohne ihre Antwort abzuwarten, sogleich vom Pferd um sich nach der herabgefallenen Schüssel zu bücken. Gemeinsam lasen sie die verstreuten Früchte vom Boden auf. Immer wieder musste Ferdinand das Mädchen ansehen. Verlegen und sittsam schlug Marie dann die Augen nieder. Doch auch ihr Blick wanderte immer wieder unauffällig zu ihm hin. Ein eigenartiges, sehr verwirrendes Gefühl hatte sie ergriffen. Seine Augen schienen ein Loch in ihre Haut zu brennen, sosehr spürte sie seinen Blick. Er war ganz anders als die jungen Jagdgehilfen, die sie kannte. Auch diese starrten sie begehrlich an. Sie machten ihr linkische Komplimente und hatten dabei lüsterne Blicke und sabbernde Münder. Doch dieser Mann war anders. Er war kein unfertiger Bursche wie diese jungen Jagdgehilfen, sondern ein erwachsener Mann mit selbstsicherem Auftreten und guten Manieren – wenn sie davon absah, dass er sie so erschreckt hatte. Und sie musste sich eingestehen, dass er wirklich gut aussah. Als sie beide nach der gleichen Frucht griffen, berührten sich zufällig ihre Hände. Wie ein Blitz traf sie die Berührung und sie zuckte sofort zurück. Auch

Ferdinand hatte das Knistern zwischen ihnen verspürt und als er sie ansah, flutete dunkle Röte über ihr Gesicht. Schweigend lasen sie die letzten Beeren auf, sorgsam vermied Marie jede weitere Berührung. Als sie fertig waren, sagte sie schüchtern „Ich muss jetzt nach Hause gehen, meine Mutter wartet sicher schon auf die Beeren". Langsam erhob sie sich, unsicher, wie sie sich verabschieden sollte. Keinesfalls sollte der Eindruck entstehen, sie würde ihn wiedersehen wollen! Wie einen Schutz hielt sie die Schüssel vor ihre Brust und wandte sich langsam von ihm ab. „Schade, schöne Maid" erwiderte Ferdinand mit echtem Bedauern, „ich hätte gerne noch mit Ihnen geplaudert. Doch sicherlich komme ich künftig öfters in diese Gegend. Darf ich Sie dann wieder sehen?" fragte er und freute sich, als sich in Maries Gesicht ein leuchtendes Lächeln breit machte und sie nickte, ehe sie sich auf den Weg durch die Büsche davon machte.

Ein Jahr ging ins Land. Mehrfach war Ferdinand in dieser Zeit nach Haag geritten und hatte dabei zufällige Begegnungen mit Marie arrangiert. Über Vertraute brachte er in Erfahrung, wann und wo er sie am besten – und alleine – antreffen konnte. Immer schien es Schicksal zu sein, wenn er sie in der Umgebung von Haag traf. Stets war er dabei als Jäger gekleidet und niemals offenbarte er ihr bei ihren Begegnungen seinen wahren Stand. Er haderte mit sich. Sollte er ihr verraten, wer er war? Doch er fürchtete, sie würde sich von ihm abwenden. Bei jeder Begegnung verliebte er sich noch mehr in dieses sittsame und unschuldige Mädchen. Er wusste, sie würde niemals eine Affäre mit ihm eingehen. Nur eine ernsthafte Beziehung könnte die beiden näher aneinander bringen. Doch ihr unterschiedlicher Stand machten eine Verbindung unmöglich. Er hatte sich bereits erkundigt, doch die Auskunft, die er erhielt, machten ihn mutlos. Ohne Einwilligung seines Bruders durfte er nicht heiraten. Und dass dieser seine Einwilligung für eine unstandesgemäße Heirat geben würde, war sehr unwahrscheinlich. Ferdinand wusste sich keinen Rat. Und so traf er sich weiter heimlich mit Marie der Hoffnung, dass ihm irgendwann ein Ausweg aus dieser Misere einfallen würde.

Doch ehe dies geschehen konnte, holte ihn eines Tages die Wahrheit ein. Sein Schwindel flog auf. Marie hatte gemeinsam mit ihren Eltern die Landeshauptstadt besucht. Als ihre Kutsche vor der Münchner Residenz hielt, stieg soeben ein edel gekleideter Mann auf sein Pferd. Sie erkannte ihn bereits an seinen geschmeidigen Bewegungen. Als sie für einen kurzen Moment sein Gesicht erkennen konnte, war sie sich ganz sicher. Das war Ferdinand! Doch wie war er gekleidet? Der Reiter, der das Mädchen in der Kutsche nicht gesehen hatte, ritt von dannen, Marie blickte ihm verwirrt nach. Ihr Vater, der bemerkt hatte wem seine Tochter so auffällig nachblickte, beugte sich zu ihr vor und erklärte: „Das war Herzog Ferdinand. Ein schneidiger Mann, nicht wahr?" Entsetzt blickte sie ihren Vater an, dann fiel es ihr die Wahrheit wie Schuppen von den Augen. Das edle Ross, das gar nicht zu dem einfachen Jäger passen wollte. Seine Bemühungen, sie immer alleine anzutreffen. Was für ein Schaf war sie gewesen. Einwickeln hatte sie sich von ihm lassen, dabei war sie sicherlich nur ein Zeitvertreib für ihn. Sie hatte geglaubt, er habe ernste Gefühle für sie und träumte schon von einer gemeinsamen Zukunft. So ein gemeiner Schuft! ‚Der soll mich noch kennen lernen!' schwor sie sich, ‚Kein einziges Wort mehr werde ich mit ihm sprechen!'

Einige Tage später war es soweit. Wie schon so oft zuvor stand er im Wald urplötzlich vor ihr, als habe er bereits auf sie gewartet. Schmerzhaft gewahrte sie den stattlichen Anblick des Reiters auf dem Ross, der sich ihr bot. Fest biss sie nun die Zähne aufeinander und machte brüsk auf dem Absatz kehrt. Verwundert rief Ferdinand ihr nach „Marie, wo gehst du hin?" Doch Marie schien ihn nicht zu hören. „Marie, so warte doch. Was hast du denn?" Er sprang vom Pferd und lief ihr nach, doch sie blieb nicht stehen. Ihr Schritt beschleunigte sich, ja fast lief sie vor ihm davon. „Marie, jetzt bleib doch mal stehen!" bat er inständig und als sie nicht reagiert, trat er ihr vor den Weg und hielt sie an den Armen fest. „Lass mich gefälligst los, du widerlicher Lügner" rief sie und versuchte sich aus seinem Griff zu befreien. Doch er ließ nicht los. „So warte doch, was hast du? Warum nennst du mich einen Lügner?" fragte er inständig, doch ihm schwante bereits Schlimmes. „Nie wieder will ich dich sehen!" rief sie und dann begann sie zu weinen. Die Tränen liefen ihr über das

Gesicht, als sie ihm erzählte, wie sie ihn in München gesehen und ihr Vater ihn erkannt hatte. „Du bist kein Jäger, sondern Herzog. Warum hast du mich belogen? Weil ich nur ein einfaches bürgerliches Ding bin? Was willst du von mir? Glaubst wohl, du kannst mit mir einen Spaß treiben?" „Aber nein" rief Ferdinand, „niemals wäre mir das eingefallen. Ganz sicher hätte ich dir noch erzählt, wer ich bin. Doch ich hatte Angst, du würdest dich dann nicht mehr mit mir treffen wollen!" „Da hast du allerdings Recht, so wäre es gewesen. Was nützt es, wenn ich mich in einen Adeligen verliebe, der mich nicht heiraten kann. Der meinen Ruf und meine Ehre ruiniert, wenn ich mich mit ihm einlasse?" Zärtlich sah ihr Ferdinand in die Augen und wischte mit einer sanften Geste die Tränen vom Gesicht des geliebten Mädchens. Sie hatte ihm soeben verraten, dass auch Sie Gefühle für ihn hegte. „Nein, meine Geliebte," sprach er „das wird nicht geschehen. Ich möchte dich zu meiner Frau machen. Du sollst meine Herzogin werden, das verspreche ich dir!" „Wirklich?" fragte Marie leise. „Wirklich!" versprach Ferdinand und nahm sie fest in seine Arme. Schon morgen wollte er sich mit Wilhelm in Wartenberg zur Jagd treffen und er beschloss, ihn endlich um seinen Segen für diese Heirat zu bitten. Er war sicher, wenn er Wilhelm erzählte wie tief und leidenschaftlich er dieses Mädchen liebte, so würde dieser seinem Glück nicht im Wege stehen.
Er sollte sich irren.

Im Jagdschloss herrschte dicke Luft. Die Dienerschaft hatte sich zurückgezogen, der Überreiter diskret das Haus verlassen. Wilhelm und Ferdinand stritten sich lautstark. Auch Wawittel hörte die Stimmen, die durch das Haus hallten. „Wie konntest du nur glauben, dass ich einer Heirat mit einer Bürgerlichen zustimme würde? Sie hat weder einen adeligen Stand, noch einen einzigen Gulden. Ihr Vater ist Beamter in meinem Dienst! Wie, glaubst du, würden die Leute sich das Maul über so eine Ehe zerreißen!" polterte Wilhelm, während er rastlos im Zimmer auf und ab lief. Ferdinand stand am Fenster und sah hinaus auf die Stallungen, wo ein Stallbursche gerade ihre Pferde striegelte, die nach der Jagd verschwitzt waren. Immer wieder wanderte der Blick des Burschens neugieriger Blick zum Haus, aus dem heftiger Streit zu hören war. „Kannst du denn nicht verstehen, ich liebe das Mädchen wirklich!" bat Ferdinand. „Pah, Liebe. Liebe kommt von alleine, aber Stand und Ansehen nicht. Du kannst sie einfach nicht heiraten. Du musst sie verlassen" stellte Wilhelm klar. Traurig blickte Ferdinand aus dem Fenster. Ohne die Zustimmung des Bruders war eine Heirat nicht möglich. Er rang nach Worten, als er sich wieder Wilhelm zuwandte. „Was du von mir verlangst ist unmenschlich. Ich liebe sie. Wenn du einer Ehe nicht zustimmst, werde ich sie dennoch nicht verlassen!" „Damit würdest du die Ehre des Mädchens und ihrer Familie in den Schmutz ziehen" entgegnete sein Bruder, „nennst du das Liebe?" Ferdinands Schultern sackten nach vorne. Wilhelm hatte Recht. Wenn er Marie nicht heiraten konnte, durfte er sie nicht mehr wiedersehen, ihr Ruf wäre ruiniert. Er dachte an ihre Reinheit und Frömmigkeit. Marie könnte niemals unehrenhaft mit ihm leben. Sie würde an der Schande zerbrechen. Auch hatte sie es verdient, einen guten und treuen Ehemann zu bekommen.

Seine Stimme brach fast, als er nun sagte: „Du kennst mich gut, das könnte ich ihr nicht antun. So werde ich das Mädchen verlassen müssen. Aber eines will ich dir gesagt haben: du hast mich bitter enttäuscht. So vieles habe ich für dich und Vater getan, ich habe Schlachten geschlagen und Siege eingebracht, ich habe mein Leben für euch riskiert. Wenn dies nun dein Dank dafür ist, so will ich mit diesem Hof nichts mehr zu tun haben! Ich werde nach Italien gehen und dort mein Glück suchen."

Wilhelm war tief betroffen. Wahrlich, sein Bruder hatte sehr viel für das Herzogtum getan und auch erlitten. Sicher, er war ein Hallodri und Filou, konnte sein Geld nicht zusammenhalten und hatte in der Vergangenheit einen liederlichen Lebenswandel geführt. Doch stets hatte er seinen Wurzeln die Treue gehalten und sein bayrisches Vaterland verteidigt. Lange schaute er Ferdinand an. „Du liebst sie wirklich, hm?" „Ja" erwiderte Ferdinand fest, „so wahr ich hier stehe, sie ist die Liebe meines Lebens! Ich habe ihr geschworen, dass ich sie zu meiner Herzogin mache und dazu stehe ich auch. Ohne sie ist mein Leben nicht mehr lebenswert!" Die beiden blickten sich in die Augen. Ein festes Band hatte sich zwischen ihnen entwickelt, eine Freundschaft, die wohl mehr Bedeutung hatte, als ihre Brüderschaft. Nun stand diese Freundschaft vor einem Scheideweg.

Schuldete er seinem Bruder nicht tatsächlich ein Recht auf Glück? Schließlich gab sich Wilhelm einen Ruck. Lieber wollte er über seinen Schatten springen und dieser unmöglichen Ehe seinen Segen geben, als seinen Bruder für immer zu verlieren. „Nun, was würdest du davon halten, wenn ich einer Heirat unter der Bedingung zustimme, dass die Kinder aus dieser Ehe weder einen Fürstentitel tragen dürfen, noch einen Erbanspruch erhalten, zumindest nicht, solange Nachkommen aus meiner Linie vorhanden sind?" Überrascht blickte Ferdinand auf. Er dürfte Marie doch heiraten? „Ja!" rief er, „ja, was immer du willst, doch sie soll mein sein!" Da breitete Wilhelm seine Arme aus und rief: „So heirate dieses Mädchen, wenn du nicht anders kannst du verliebter Tor. Aber ich bitte dich, bleibe weiter an meiner Seite!" und die beiden umarmten sich herzlich.

Der Stallbursche schüttelte verständnislos den Kopf, als Ferdinand aus dem Haus gestürmt kam und ihm das Pferd schier aus der Hand riss. Im Nu sattelte Ferdinand das Pferd, sprang auf und preschte im Galopp davon. Noch heute wollte er Marie die frohe Botschaft bringen und bei ihrem Vater um ihre Hand anhalten.

Wawittel konnte sich ein Lächeln nicht verkneifen. So waren sie, die hohen Herrschaften. Nach außen hin vermittelten sie den Eindruck, unfehlbar und erhaben zu sein, doch in ihrer Seele waren sie einfach nur

Menschen, wie alle anderen auch. Er erinnerte sich an die tiefe Liebe, die seine Eltern miteinander verbunden hatte. Vielleicht war Ferdinand einer ebensolchen Liebe begegnet? Im Gedanken wünschte ihm Wawittel viel Glück. Mit einem Schmunzeln drehte er sich um und schlüpfte in das Vorratslager des Herzogs. Nachdem Ferdinand nun fortgeritten war, würde heute ein großes Gelage ausbleiben. Da fiel es sicherlich nicht auf, wenn er heimlich einen der erlegten Hasen stibitzte.

◊

„Marie Pettenbeck?" unterbrach Patrick Wawittels Erzählung. „Nach der wurde doch jetzt unsere Schule benannt!" „Wirklich?" fragte Wawittel, „das ist aber neu." „Brandneu" antwortete Sascha, „eigentlich kommt es erst noch. Im Oktober ist die offizielle Namensgebung!" „So, so" meinte Wawittel und rieb sich sein Kinn. „Wenn das der Wilhelm gewusst hätte! Aber eines verstehe ich nicht. Warum wird die Schule nach dieser Marie Pettenbeck benannt. Sie war zwar einige Male hier auf Besuch, vor allem wenn Ferdinand zur Jagd kam, doch soweit ich weiß, hat sie hier nicht gelebt." „Da hast du vollkommen recht" erwiderte Patrick, „aber unser Rektor hat uns das erklärt, das war nämlich so...." Und nun berichtete er Wawittel was geschehen war. Es freute ihn diebisch, dass die Rollen nun vertauscht waren und er dem Drachen etwas erzählen konnte, was dieser bisher noch nicht wusste:

1588 heirateten Ferdinand und Marie Pettenbeck. Sie wohnten in Ferdinands Palast am Rindermarkt in München und die Ehe war sehr glücklich. Die beiden hatten viele Kinder, beinahe jährlich kam eines zur Welt. Im Jahre 1602 - es lebten noch sechs der bisher geborenen elf Kinder - sorgte sich Ferdinand jedoch um die Zukunft seiner Nachkommen. Er wandte sich – mit der Unterstützung seines Bruders Wilhelm und dessen Sohn und Nachfolger Maximilian – direkt an den deutschen Kaiser Rudolph II. und bat ihn, seine Kinder in den Adelsstand aufzunehmen. Da auch Kaiser Rudolph II. die Treue und Einsatzbereitschaft Ferdinands zu schätzen wusste, gewährte er ihm diesen Wunsch. So kam es, dass alle Kinder Ferdinands und Maries in den Stand, Ehre und Würde von Grafen und Gräfinnen von Wartenberg erhoben wurden. Die Wahl des Namens Wartenberg für diese neu geschaffene Grafschaft kam nicht von ungefähr. Zum einen gehörte Ferdinand in Wartenberg das Jagdschloss und das dazugehörige Gut, welches nicht nur das Areal der einstigen Burg auf dem Nikolaiberg einschloss, sondern auch weitläufiges Land bis Auerbach. Hinzu kamen diverse Landwirtschafts- und Forstgebiete in der Gegend. Die Güter waren Wilhelms Hochzeitsgeschenk für das Paar gewesen, übrigens ebenso wie die Grafschaft Haag. Zum anderen war Wartenberg alleine schon deshalb von hoher Bedeutung, da dort einst die Wiege der Wittelsbacher stand, nämlich die Burg, in welcher der Gründer des Wittelsbacher Hauses, Herzog Ludwig I., residiert hatte. So wurden die Kinder aus der nicht standesgemäßen Ehe zwischen Herzog Ferdinand und der bürgerlichen Marie Pettenbeck zu Grafen und Gräfinnen von Wartenberg. Sie bekamen ein eigenes Wappen, welches einen aufrechten, gelbfarbigen Löwen mit erhobenen Pranken, hoch aufgerichtetem Schwanz und ausgeschlagener roten Zunge darstelle, der mit grimmigen Blick den Betrachter anschaut. Es enthielt auch die blau-weißen Rauten der Grafschaft von Bogen, die durch die Ehe von Herzog Ludwig I. mit Ludmilla von Bogen in das Wittelsbacher Herzogtum überging und auch im Bayerischen Wappen erhalten sind.

Als Ferdinand schließlich im Jahre 1608 verstarb, hinterließ er seine Frau, neun Kinder und ein Ungeborenes, denn Marie war gerade schwanger. Außerdem vermachte er ihr einen Berg voller Schulden. Ferdinand hatte auch während der Ehe weiterhin über seine Verhältnisse hinaus gelebt. Die beiden waren bekannt dafür, dass sie für zahlreiche mildtätige Zwecke spendeten und außerdem war Ferdinand ein außerordentlicher Kunstliebhaber. Nach seinem Tod musste Marie ihr gesamtes Hab und Gut zur Schuldentilgung aufwenden und wurde völlig mittellos. Nur der Güte von Herzog Maximilian I. verdankte sie, dass dieser einen Großteil der Schulden übernahm und ihr auch ermöglichte, weiterhin in dem Heim am Rindermarkt wohnen zu bleiben. Sie starb im Jahre 1619.

„Somit war also die Grafschaft Wartenberg dieser Marie Pettenbeck zu verdanken" schlussfolgerte Wawittel aus Patricks Erzählung. „Genau" gab dieser ihm recht. „Und weil diese nicht nur besonders fromm und bodenständig war, sondern auch ihren Kindern eine gute Erziehung angedeihen ließ, wurde beschlossen, die Schule nach ihr zu benennen. Na ja, und im Moment sind die Wittelsbacher natürlich auch sehr aktuell. In diesem Jahr feiert das Jagdschloss ein großes Jubiläum. Vor 600 Jahren wurde es erstmals schriftlich erwähnt. Das heißt, zu diesem Zeitpunkt stand das Haus bereits. Wann es wirklich gebaut wurde, ist aber nicht bekannt." „Nicht bekannt?" fragte Wawittel nach und überlegte. „Es stand auf alle Fälle schon vorher. Schließlich brauchten die Herrschaften bei ihren Ausflügen ein standesgemäßes Dach über dem Kopf. Die Burg war ja marode. Aber in welchem Jahr es gebaut wurde?" Er dachte nach, schüttelte schließlich den Kopf. „Hm, ich kann mich nicht mehr erinnern. Aber dafür weiß ich, wie es nach Ferdinand weiterging. Wollt ihr den Rest der Geschichte hören?" „Au ja," riefen die beiden und setzten sich voller Erwartung vor den Drachen. Und dieser berichtete weiter darüber, was sich in den folgenden Jahrhunderten zutrug.

Wittelsbacher Jagdhaus
mit überdachter Treppe zum Markt

Kapitel 7
Das Ende der Ära Wittelsbach

Die Menschen in Wartenberg – wie auch in der gesamten Region – litten. Der 30jährige Krieg forderte große Opfer. Die Pest hatte den Ort ebenfalls nicht verschont und schließlich fielen auch noch die Schweden ein und plünderten und raubten, wo sie nur konnten. Als sie schließlich abzogen, war kein Rind und kein Pferd mehr zu finden. Höfe waren abgebrannt, Menschen gestorben.

Bayern wurde von Herzog Maximilian I. regiert. Ebenso ein Jäger wie seine Vorfahren, besuchte er die Jagd in Wartenberg und logierte dabei im Jagdhaus. Als seine Frau Elisabeth von Lothringen starb, sah es düster aus mit der Erbfolge, denn die beiden hatten keine Kinder. Zu diesem Zeitpunkt war Maximilian unter Kaiser Ferdinand II. bereits Kurfürst geworden und galt als der mächtigste Fürst im Reich. Wäre er nun kinderlos geblieben, hätten nach seinem Tod die Grafen von Wartenberg in die Erbfolge eintreten können. Doch es kam anders. Maximilian heiratete erneut und schon im Jahr darauf schenkte ihm seine neue Frau Maria Anna den lange ersehnten Thronerben. Sie nannten ihn Ferdinand Maria.

Erst in der zweiten Hälfte des 17. Jahrhunderts ging es wieder aufwärts. Und wieder war es die Jagdleidenschaft der Adeligen, die Wartenberg zu Wohlstand und Ansehen verhalf.

Wawittel lehnte sich zurück. Gerne erinnerte er sich an die Zeit, als das Haus wieder zum Mittelpunkt des pulsierenden Lebens wurde. Kurfürst Ferdinand Maria logierte mitsamt seines Gefolges darin, um an Reigerbeizen und Schwanenjagden teilzunehmen. Es war auch jene Zeit, erinnerte er sich, als das Jagdschloss beinahe ein Opfer der Flammen wurde. „Eigentlich brannte es beim Nachbarn, dem Metzger Georg Hagn" erzählte er jetzt den Kindern, und ihm war, als sei es erst gestern gewesen, als laute Schreie ihn aufschreckten.

Hans, der Metzgerlehrling, hatte den Brand verschuldet. Er war eingenickt, obwohl er das Räucherfeuer hätte beaufsichtigen sollen. Als er wieder erwachte, war es bereits zu spät – es brannte lichterloh. Die Räucherhütte, die Kammer, einfach alles wurde vom Feuer verschlungen. Ein starker Wind, der die Flammen immer wieder anfachte, erschwerte die Löscharbeiten, so sehr die zur Hilfe geeilten Nachbarn die Flammen auch zu ersticken versuchten. Schließlich wehten auch noch brennende Schindeln vom Dach des Hauses und landeten im Dachboden des nachbarlichen Jagdhauses. Hektische Löschversuche nun auch dort. Was vorher an Hagns Hütte so unheilvoll gescheitert war, gelang nun: der Brand im Dachboden konnte gelöscht werden, ehe das Haus den Flammen zum Opfer fiel.

Kurfürst Max Emanuel ritt persönlich nach Wartenberg, um den Schaden an seinem Jagdschloss zu begutachten. Er war erst 17 Jahre alt und hatte gerade erst die

Nachfolge seines Vaters Ferdinand Maria angetreten und damit auch das Gut in Wartenberg übernommen. Er hatte zwar bereits viel darüber gehört, es bisher jedoch noch nicht kennen gelernt und so bot der Brand für ihn einen willkommenen Anlass, den Hof für einige Tage zu verlassen. Denn da er noch nicht volljährig war wurden die Regierungsgeschäfte vorläufig von seinem Vormund und Onkel Maximilian Phillip übernommen. Quasi arbeitslos war es Max Emanuel schlichtweg langweilig. Nachdem ihm über den Brand berichtet wurde, beschloss er, sich selbst einen Eindruck vom Schaden zu verschaffen. Immerhin bedeutete die Jagd für ihn, ebenso wie für die anderen jungen Adeligen seiner Zeit, einen äußerst beliebten Zeitvertreib. Viele Geschichten hatte er schon von den Jagden in Wartenberg gehört. Nun wollte er es selbst kennen lernen.

Schon gleich nach seiner Ankunft schritt er durch das ganze Haus und ordnete die notwendigen Reparaturarbeiten am Dach an. Was er bei seinem Ausflug in die Umgebung sah, gefiel ihm. Die Menschen waren rührig und dem Fürstenhaus ergeben. Und welch herrliche Gegend! Alleine beim Anblick der Wälder schlug das Herz des leidenschaftlichen Jägers höher. So mag es nicht verwundern, dass Max Emanuel eine besondere Vorliebe für das Jagdhaus in Wartenberg entwickelte.

Eines Tages ließ er den Metzger Hagn zu sich kommen und bot ihm 200 Gulden an, wenn ihm dieser den nachbarlichen Grund verkaufe. Hagn schlug ein. Nach dem Brand war ihm ein erneuter Aufbau einer Räucherkammer untersagt worden. Zu groß sei die Gefahr, dass bei einem neuerlichen Brand das Jagdhaus in Mitleidenschaft gezogen werde, hieß es. Sobald der Handel abgeschlossen war, ordnete Max Emanuel an, auf dem hinzugewonnen Areal eine Falknerei einzurichten. Bald schon wurden dort Falken und Habichte abgerichtet, Reiher zu schlagen. Diese sogenannte Reigenbeiz erfreute sich zu jener Zeit größter Beliebtheit unter den jungen Adeligen.

Für den Markt Wartenberg brachen gute Zeiten an. In den kommenden Jahren veranstaltete Max Emanuel mehrere große Jagdgesellschaften. Zu diesen kamen nicht nur zahlreiche Adelige in den Ort, der Rummel zog auch fahrendes Volk an. Denn den Höhepunkt einer erfolgreichen Jagd bildete stets ein großes Fest, bei der auch die Jagdbeute verzehrt wurde. Die Musikanten und Gaukler sorgten dabei für die Unterhaltung, die Händler boten ihre Waren feil.

Ja, es waren muntere Jahre. Das Leben in Wartenberg gefiel dem jungen Kurfürsten so sehr, dass er sogar Pläne schmiedete, am Ort ein neues Schloss zu errichten. Auch einen Platz hatte er hierfür bereits auserkoren. Wer weiß, vielleicht hätte Wartenberg ein neues Schloss auf dem Burgberg erhalten. Doch Max

Emanuels Vorhaben scheiterte schließlich, als er die Kaisertochter Maria Antonia heiratete und stattdessen für diese das Wasserschloss in Lustheim bauen ließ.

Die Bedeutung der Jagd und des Jagdhauses in Wartenberg wurden dadurch jedoch nicht geschmälert. Regelmäßig besuchte der Kurfürst den Ort und brachte dabei auch seine Familie mit. Um dieser bei ihren Besuchen allen Komfort bieten zu können, ließ er zu Beginn des 18. Jahrhunderts, der Bau der Pfarrkirche Mariä Geburt war bereits weit fortgeschritten, eine überdachte Treppe zum Markt hinunter bauen. Diese schloss an der Westseite direkt an das Jagdhaus an und führte steil den Berg hinab. Über die Treppe konnten er und die Seinen selbst bei Regen trockenen Fußes zum Gottesdienst gelangen. Als gläubiger Christ besuchte Max Emanuel, sofern ihm dies möglich war, täglich die Messe.

Im Laufe des 18. Jahrhundert folgten wieder schwierige Zeiten für den Ort. Aufsehenderregend war der Fall Fembler.

Paul Fembler richtete großen Schaden an, als er – aus Verbitterung über seine hohen Schulden – zum Brandstifter wurde und von 1722 bis 1728 genau 26 Mal in und um Wartenberg Feuer legte. 62 Firste samt Rathaus brannten ab, manche sogar mehrmals. Bei diesen Bränden gingen nicht nur wertvolle Güter verloren, sondern auch wichtige Schriftstücke, die im

Rathaus für immer verbrannten. „Ihm war einfach nicht auf die Schliche zu kommen" berichtete Wawittel, der aus den Gesprächen der Hausbewohner von jedem neuen Brand erfuhr. Bis 1728 dauerte es, bis man den wahren Schuldigen gefunden hatte. Fembler war vorher nicht in Verdacht geraten, hatte er doch sogar auf geradezu infame Weise neben seinem eigenen Haus (das in der späteren Strogenstraße stand) eine Kapelle errichten lassen - angeblich zum Dank dafür, dass dieses zweimal von der Feuersbrunst verschont blieb. Nach seiner Entdeckung wurde er in Landshut hingerichtet. Der Feuerteufel war endlich gefasst, die Brandserie beendet. Doch es sollte noch viele Jahre dauern, ehe der Markt sich von dem entstandenen Schaden wieder erholte.

Kurfürst Karl Albrecht, Nachfolger des für Wartenberg so segensreichen Max Emanuel, wusste den Ort zu schätzen. Als er 1737 eine 45 Pfund schwere silberne Statue seines Kurprinzen nach Altötting überbracht hatte machte er auf dem Rückweg in Wartenberg Rast und nahm an der Jagd teil. 1742 wurde er zum Kaiser gekrönt und hieß fortan Kaiser Karl VIII. Albrecht. Im selben Jahr - während des Krieges mit Österreich – war die ungarische Miliz im Markt untergebracht. Während ihres Aufenthaltes plünderten die Männer jedoch den Fasanengarten so stark aus, dass kein Tier übrig blieb. Dieser Vorfall war ein herber Rückschlag für die Jagd in Wartenberg, denn er bedeute das Ende für die einst kostspielig angelegte Fasanerie.

Bayern wurde nun von Karl Albrechts Sohn Kurfürst Maximilian III. Joseph regiert. 1777 starb dieser kinderlos. Dies wäre der Moment gewesen, dass die Grafen von Wartenberg die Erbfolge hätten antreten können. Doch auch diese Line war inzwischen erloschen. Schuld war ein Pfirsichkern. An diesem verschluckte sich 1736 der letzte männliche Graf von Wartenberg, der 18jährige Maximilian Emanuel, während seines Aufenthalts auf der Ritterakademie im Kloster Ettal. Somit endete nach Maximilian III. Josephs Tod die von Kaiser Ludwig dem Bayern begründete Hauptlinie der Wittelsbacher.

Zeitgleich fanden immer seltener Jagdgäste in den Markt Wartenberg und schließlich verlor der Ort zum Ende des 18. Jahrhunderts seine kurfürstliche Bedeutung als Jagdgebiet.

◊

„Das war dann schließlich das Ende der Wittelsbacher in Wartenberg" schloss Wawittel seine Erzählung. „Aber nicht das Ende des Jagdhauses" stellte Sascha fest. „Nein, das gab es auch weiterhin" stimmte Wawittel zu. „Aber genau wie ich war es in die Jahre gekommen. Andauernd ging etwas anderes kaputt. Mal wurde das Dach undicht, dann die Fenster. Ständig gab es etwas zu reparieren. Doch je seltener die Jagdgesellschaften kamen, desto weniger kümmerte sich der Hof um das Haus. Zuletzt wohnte nur noch der Förster Mannhart darin, der auch die notwendigsten Arbeiten machte. Aber schließlich zog auch er aus. Die Jagd war vorbei." „Und du bist dageblieben?" fragte Patrick, dem es bei der Vorstellung, alleine in dem Haus zu wohnen, gruselte. „Ja, denn wo sollte ich denn hingehen?" fragte Wawittel.

Plötzlich fuhr Sascha hoch. „Mensch Patrick, es ist schon fast 18 Uhr! Mama wartet schon mit dem Essen, wir müssen gehen!" Nun sprang auch Patrick auf. „Wawittel, können wir morgen noch mal kommen? Du musst uns unbedingt erzählen, wie es weiterging!" bat Patrick den Drachen. „Na gut," willigte er ein, „aber dazu müsst ihr morgen früh auf den Nikolaiberg kommen. Seid ihr einverstanden!" „Klaro," jubelten die Kinder, „aber jetzt müssen wir los. Also, dann bis morgen, Wawittel!" riefen sie und er winkte ihnen aus dem Fenster nach, als sie vor dem Haus auf ihre Räder stiegen.
Als sie fort waren, blickte er noch lange hinab auf den Ort. Wie groß der kleine Markt geworden war. Wohin er auch sah, da waren Häuser und Baukräne, Menschen und diese neumodernen Autos, die solch einen Lärm machten und die Luft mit ihrem Gestank verpesteten. Nichts mehr erinnerte an den kleinen Ort mit den wenigen Höfen, der einst zu Ottos Zeiten hier entstand. Die Zeit schien immer schneller zu verrinnen, die Menschen hetzten durch die Straßen. Erinnerten sich die Menschen noch an früher? Er beantwortete sich

diese Frage selbst, als er an den Aufsatzwettbewerb der Schule dachte, bei dem die Kinder über das Jagdhaus und die Wittelsbacher schreiben sollten. Einige Straßen hatten Namen, die auf die Wittelsbacher Vergangenheit hinwies. Und schließlich erinnerten sich die Menschen hier sogar an die Marie Pettenbeck, wie die neue Namensgebung der Schule bewies.

Ja, Ferdinand und Maria hatten ihre große Liebe gefunden, ebenso wie Ludwig und Ludmilla vor ihnen. Nur ihm selbst war die große Liebe bisher nicht begegnet. In den vergangenen 800 Jahren hatte er viele Reisen unternommen. Seine Suche nach Artgenossen führte ihn in den vielen Jahrhunderten schon an beinahe jeden Ort dieses Kontinents. Doch nirgends fand er eine Spur von anderen Drachen. Irgendwann hatte er seine Suche aufgegeben. Sein Vater hatte recht behalten, es gab keine Drachen mehr. Wawittel würde der letzte sein. Und wenn er starb, so würde es niemanden geben, der ihn auf dem Nikolaiberg bei seinen Eltern begraben würde. Eine heiße Träne lief über sein Gesicht als er daran dachte. Es wurde Zeit, Adalbert und Margarot zu besuchen.

Nikolaikapelle Wartenberg

Kapitel 8
Die Schule

Die beiden Kinder lehnten ihre Fahrräder an die alte Mauer des Jagdhauses. Schon früh am Morgen waren sie aufgestanden und hatten sich gleich nach dem Frühstück auf den Weg zu Wawittel gemacht. Oben bei der Nikolaibergkapelle wollten sie sich treffen. Es war noch ganz still im Ort, als sie schräg gegenüber des Jagdhauses zwischen den Mauern der anderen Häuser den schmalen Pfad betraten, der zum Nikolaiberg hinaufführte. Links von ihnen fiel der Hang steil ab. Nur schwer erhaschten sie durch das dichte Blätterwerk der Bäume einen Blick auf den Markt. Auf der Hangseite zierten die schmucken Stationen des Kreuzweges den Pfad. Oben angekommen, lichtete sich der Wald und dann sie standen auf einer großen, freien und fast ebenen Wiese. Hier stand einst die Ritterburg. Jetzt war da nur noch die Nikolaikapelle, die ganz links einsam und verlassen an alte Zeiten erinnerte und einige Obstbäume. Neugierig blickten sie sich um. Wo mag Wawittel sich versteckt halten? Doch schon hörten sie seine Stimme. „Hallo Kinder" begrüßte er sie und trat hinter dem Gebüsch neben der Kapelle hervor. „Hallo Wawittel!" riefen sie und liefen auf ihn zu. „Na, na," wehrte er lachend ihre ungestüme Begrüßung ab „werft mich doch nicht gleich den Berg hinunter!" Patrick und Sascha hatten überhaupt keine Scheu mehr vor dem großen Drachen. In dieser kurzen Zeit war er ihr Freund geworden.

„Hier also hast du gelebt?" fragten sie und blickten sich neugierig um. „Ja, hier stand die Burg" antwortete er und deutete auf den leeren Platz vor der Kirche. Seine Hände beschrieben einen großen Bogen. „Mann, war die groß!" meinte Sascha ehrfürchtig. „Und von der Burg aus konnten die Ritter bestimmt weit sehen." „Oh ja," bestätigte Wawittel, „der Ausblick war einfach herrlich. Die Ritter konnten damals den ganzen Süden, Westen und Norden überblicken. Kein Mensch konnte sich von dort ungesehen nähern. Schaut her, von hier aus sieht man bis weit über Freising hinaus!" erklärte Wawittel und führte die Kinder an den Rand des Plateaus. Ganz in der Ferne konnten sie einen schemenhaften Blick auf Freising erhaschen, aber für ein klares Bild war das Wetter zu neblig. „Standen damals auch schon so viele Bäume hier?" fragte Patrick, der kaum über die Sträucher schauen konnte. „Nein, als hier die Burg stand war da überhaupt kein Baum. Du musst dir vorstellen, dass die Ritter das gesamte Tal überwachen mussten. Rund um die Burg schützte ein hölzerner Wall vor Eindringlingen. Außerdem gab es natürlich auch Türme, von denen aus die Aussicht noch besser war" erzählte Wawittel. „Aber schau, wenn wir hier auf die andere Seite gehen, können wir wunderbar in die Berge schauen" versprach Wawittel und führte die Kinder auf die Südseite des Plateaus. Hier, neben einem großen Christus-Kreuz, gab es auch eine Bank auf die sie sich setzen konnten. Sie blickten hinab auf den Südteil des Ortes. Hier fiel der Berg nicht so steil ab wie im Westen und viele Häuser schmiegten sich in den

Hang und das Tal. Weiter vorne stieg das Gelände dann wieder an und hinter einer Hügelkette waren in der Ferne tatsächlich die Alpen zu erkennen. „Diese Hügelkette dort stammt noch aus der Eiszeit" wusste Sascha aus dem Unterricht. „Keine Ahnung" brummte Wawittel, „die war schon da, als ich geboren wurde." Die Kinder kicherten, weil die Eiszeit natürlich schon viel, viel länger entfernt lag. „Warum wolltest du, dass wir uns heute hier treffen?" fragte Sascha und die Kinder blickten Wawittel gespannt an. „Wisst ihr, ich habe heute das Grab meiner Eltern besucht. Wenn ich hier oben bin, kann ich mich nämlich viel besser an sie erinnern! Hier haben sie gelebt" sagte er und sah dabei so traurig drein, dass die Kinder verlegen verstummten. Doch dann blickten sie sich suchend um. „Wo sind deine Eltern denn begraben?" fragte Patrick leise. Nachdenklich blickte ihn Wawittel an. „Das habe ich bisher noch niemanden erzählt" antwortete er. „Versprecht ihr mir, es wirklich keinem zu verraten?" fragte er und die beiden nickten heftig. Daraufhin führte er sie an einen unauffälligen Platz direkt bei der Nikolaikapelle. „Hier habe ich sie begraben. Es ist die Stelle, an der mein Vater damals meine Mutter zum ersten Mal gesehen hatte, als er sie vor dem Ritter rettete. Wir sind oft gemeinsam hier gesessen und sie haben mir erzählt, wie es damals war. Sie liebten diesen Platz, deshalb habe ich sie hier begraben." Nachdenklich schauten die Kinder auf die Stelle. Ja, sie konnten sich gut vorstellen, wie die beiden Drachen hier mit dem kleinen Wawittel saßen und ins Land schauten.

„Du wolltest uns doch erzählen, wie es weiterging" erinnerte Sascha Wawittel an sein Versprechen. „Mein Drachenehrenwort darauf!" bestätigte Wawittel. „Aber dazu gehen wir besser dort hinüber, damit mich niemand sieht, falls doch jemand um diese Zeit auf den Berg kommt" bat er und die drei setzten sich so, dass sie vom Gebüsch versteckt waren, doch selbst noch die Umgebung beobachten konnten.

◊

Im Jagdschloss war es still geworden. Wie so oft wanderte Wawittel durch die Räume, die er nun ganz für sich alleine hatte. Besonders gerne schaute er sich die Wandmalereien an. Hauptsächlich waren es Jagdmotive, welche die Wände zierten. Sie stellten den Herzog bei der Schwanenjagd dar, die Hatz auf die Wildsau und die Fasanerie. Gerade Max Emanuel, ein Kunst- und Musikliebhaber, ließ die Räume von ausgewählten Künstlern gestalten. Wawittels liebstes Bild aber war die Darstellung des Drachen und des Löwen vor dem Lebensbaum, welches einer der Herzöge nach dem Vorbild des Reliefs an der Nikolaikapelle auch hier im Haus anbringen ließ. Ein lautes Geräusch an der Tür ließ Wawittel hochfahren. Da kam jemand! So schnell er konnte verschwand er in seinem Kellerversteck. Gerade noch rechtzeitig geschafft! Schon hörte er, wie zwei Männer das Haus betraten.

„Der Schöpfbrunnen draußen funktioniert noch einwandfrei. Und hier links sind wir auch gleich in der guten Stube" hörte er eine kräftige Männerstimme sagen und schweren Schritte erklangen. „Das ist das Arbeitszimmer" fuhr die Stimme fort und einige Schritte weiter „und hier die Küche. Sie sehen, sogar ein Backofen ist vorhanden." Die zweite Stimme murmelte zustimmend. Wawittel hörte, wie sie jedes Zimmer betraten, und auch in die Speisekammer schauten, die jetzt aber nichts anderes mehr zu bieten hatte, als von der Decke rieselnden Kalk. Auch die anderen Stockwerke wurden besichtigt und die werbende Stimme redete und redete. Schließlich endete der Rundgang wieder im Erdgeschoss. „Einverstanden. Ich werde das Haus kaufen und mit meiner Tochter hier einziehen. Vorausgesetzt natürlich, Sie gestatten, dass ich an den Sonn- und Feiertagen hier meine Schüler unterrichte!" Eilfertig versprach es die Stimme und der Handel wurde mit einem Handschlag besiegelt. Die beiden Männer verließen das Haus. Kaum war die Haustür ins Schloss gefallen, schoss Wawittel wie der Blitz aus seinem Versteck, rannte nach oben und blickte den beiden Gestalten aus dem Fenster nach. Das waren der Kammerer und der Schulmeister! Aufgeregt schaute Wawittel hinaus. Ein Schulmeister! Kinder würden wieder in das Haus kommen, es würde wieder Leben hier geben! Wawittel konnte kaum noch erwarten, bis es endlich soweit sein sollte.

1805 zog Schulmeister Johann Adam Fohlnnhals mit seiner Tochter Marianne ein. Tatsächlich wurde das Haus von Leben erfüllt. Doch auch, wenn er unterrichtete, blieb es im Hause still. Denn Fohlnnhals hatte seine Schüler fest im Griff. Dies änderte sich auch nicht, als sein Schwiegersohn Augustin Mayer, der Marianne geheiratet hatte und praktischerweise ebenfalls Lehrer war, seine Nachfolge antrat. Ganz wie in alten Zeiten lauschte Wawittel aus seinem Versteck und war fasziniert von den Geschichten, die den Kindern erzählt wurden. Endlos war die Litanei der Verben, höchst langweilig der Rechenunterricht. In diesen Stunden bettete Wawittel doch lieber den Kopf auf sein Lager und gönnte sich ein kleines Nickerchen. So hätte es noch lange weitergehen können.

Lehrer Mayer starb. Im alten Jagdhaus kehrte wieder Ruhe ein, es wurde still um das Haus. Allein Marianne wohnte noch darin, doch es wurde für sie zur Last. Viel zu groß war es, um von ihr alleine bewohnt zu werden. Außerdem mussten in dem alten Haus immer aufs Neue Reparaturen durchgeführt werden. Mit viel Liebe pflegte sie den Garten und zog dort Gemüse und Kräuter. Doch im Laufe der Zeit wurden ihr all diese Arbeiten zu schwer, spürte sich doch das Alter in ihren Knochen. Schon kurz nach Augustins Tod hatte sie das Haus der Gemeinde wieder zum Kauf angeboten. Die Herren im Rat jedoch zierten sich. Marianne konnte das überhaupt nicht verstehen, suchte die Gemeinde doch schon seit Jahren ein geeignetes Schulhaus! Aber für dieses Haus konnten die Räte sich einfach nicht entschließen. Für eine Schule sei es zu klein, winkten die Herren ihr Angebot ab, die Kosten für Umbau und Renovierungen zu hoch. Erst sechzehn Jahre später änderte sich die Gesinnung des Marktes plötzlich. Grund war die Regierung, die darauf drängte, dass nun endlich etwas geschehen und ein Schulhaus gefunden werden müsse. Da erinnerte sich der Rat wieder an das Angebot der Witwe Mayer und handelte.

Das Jagdhaus wechselte erneut in den Besitz der Gemeinde. Ehe dort Schüler unterrichtet werden konnten, mussten neue Räume her. In der unruhigen Zeit der Bauarbeiten verkroch sich Wawittel so tief es ging in das geheime Kellergewölbe. Gott sei Dank fand niemand den geheimen Zugang! Als Wawittel das Ergebnis der Handwerker sah, rieb er verwundert seine Augen: auf der Bergseite des Hauses, dort wo einst der Pferdestall stand, schloss sich nun ein neuer gemauerter Trakt an das Haus. Und endlich zogen auch wieder die Kinder in das Haus, bevölkerten es mit Lachen und Lärm. Wie schon in den Jahren davor hörte Wawittel zu, wenn sie Verben beugten, Gedichte aufsagten oder dem Lehrer lauschten. Nun wurde auch nicht mehr nur an Sonn- und Feiertagen, sondern auch unter der Woche und später nur noch Werktags unterrichtet. Am frühen Sonntag aber gehörte das Haus dem Drachen alleine. Denn als gläubige Gemeinde besuchten alle Bewohner des Ortes den Gottesdienst. Das war die Zeit, in der Wawittel nach oben schlich. In der Wohnung des

Schulleiters im Erdgeschoss hielt er sich nicht lange auf. Viel mehr zog es ihn ganz nach oben, denn im ersten Stock waren die Klassenräume und die Lehrerwohnung. Unter dem hohen Dachgiebel standen die Schreibpulte der Kinder. An den Wänden hingen die bunten Schaubilder mit Motiven aus der Tierwelt, die Wawittel so gerne betrachtete. Aus dem Fenster konnte er einen Blick auf den Markt Wartenberg werfen, der zu dieser Zeit jedoch menschenleer und ausgestorben dalag.

Vom Fenster aus konnte Wawittel auch beobachten, wie in der zweiten Hälfte des zwanzigsten Jahrhunderts ein großer, neuer Bau in Wartenberg geschaffen wurde. Er wusste auch, was dort entstand, hatte er doch die Gespräche der Lehrer und des Rektors belauscht. Es war eine neue Schule. Wieder einmal blickte Wawittel in eine ungewisse Zukunft. Was würde mit dem Jagdhaus geschehen, wenn die Kinder fort waren? Wurde es nicht mehr gebraucht?

Erneut folgte eine Zeit des Wartens und des Bangens. 1972 verließen die Kinder das Jagdhaus, sie wurden jetzt in der neuen Schule unterrichtet. Nun kamen fleißige Näherinnen in das Jagdhaus. Den ganzen Tag surrten die Nähmaschinen und das emsige Gesumme der vielen Frauen begleitete Wawittel durch den Tag.

„Ja, das war das Ende der Geschichte. Ich könnte euch noch viele Geschichten aus jener Zeit erzählen, aber das würde zu lange dauern. Vielleicht ein anderes Mal! Für euren Aufsatz habt ihr jetzt bestimmt genügend Material" schloss Wawittel seine Erzählung. „Wie ihr wisst, wohnten später noch einige Zeit lang Künstler in dem Haus, sie lebten und arbeiteten hier. Vor einigen Jahren zogen dann auch sie aus. Seither steht das Haus leer." Wawittel seufzte. „Es ist schon so, wenn niemand mehr etwas daran macht, wird es bald verfallen. Könnt ihr mir sagen, was ich dann tun soll?" Nein, das wussten die Kinder natürlich auch nicht. „Was glaubst du, was sollen die Menschen hier denn mit dem Haus machen?" fragte Sascha und Wawittel richtete sich auf. „Natürlich wieder herrichten. Nur so wird es auf ewig an die Zeit der Wittelsbacher erinnern. Und schau doch mal, wie es andere Orte machen. Sie pflegen und erhalten die alten Güter und damit die Erinnerung an die Menschen vor ihnen. Denke nur an Landshut, da steht doch auch noch die alte Burg!" „Stimmt" pflichtete Sascha ihm bei, „die feiern auch alle paar Jahre die Landshuter Hochzeit und dann ist der ganze Ort auf den Beinen. Tausende Touristen kommen und schauen sich das Spektakel an. Die veranstalten sogar Ritterspiele und laufen dann alle in den alten Kleidern herum!" „Na also," brummte Wawittel „die haben es verstanden mit ihrer Geschichte etwas anzufangen! Könnten das die Wartenberger nicht auch?" „Keine Ahnung" antwortete Sascha. „Aber ich weiß, was wir jetzt machen. Wir fahren heim und schreiben die Geschichte von dir und den Wittelsbachern auf. Das wird eine heiße Story – die muss einfach gewinnen!" rief er. „Aber denkt daran, es muss eine Geschichte bleiben!" mahnte Wawittel.

„Niemand darf erfahren, dass es mich wirklich gibt. Warum nehmt ihr nicht statt meiner jemand anderen. Hm, vielleicht einen Geist den ihr dann ‚den Geist der Wittelsbacher' nennt?" schlug er vor. Sascha und Patrick nickten. Das könnte funktionieren!

Sie verabschiedeten sich von Wawittel der alleine auf dem Berg zurückblieb und radelten nach Hause. Beide hatten den Kopf voller Ideen für ihren Aufsatz. Sie mussten ihre Gedanken so schnell als möglich zu Papier bringen. Während sie schon auf ihren Laptops die Geschichte tippten, schlich sich Wawittel ungesehen zurück in das Jagdhaus. Freude zog in sein Herz. Die Kinder waren ein Hoffnungsschimmer. Wenn alle Menschen hier so dachten wie sie, war ihm um seine Zukunft nicht mehr bange. Denn dann würde auch in Zukunft der ‚Geist der Wittelsbacher' weiter in Wartenberg erhalten bleiben.

◊

Lautes Stimmengemurmel lag über der Aula der Schule. Alle Schüler waren gekommen, denn heute sollte der Gewinner des großen Aufsatzwettbewerbes bekannt gegeben werden. Sascha und Patrick rückten unruhig und erwartungsvoll auf ihren Stühlen hin und her. Beide drückten fest ihre Daumen, so als ob sie die Entscheidung noch beeinflussen könnten. Dabei war diese vom Lehrerkollegium schon längst gefällt. Mehrere Wochen waren vergangen, seit sie sich oben auf dem Berg von Wawittel verabschiedet hatten. Viele Tage lang hatten sie zuhause an ihrem Aufsatz gebastelt und geschrieben, ehe sie ihn, sorgfältig getippt und ausgedruckt, bei ihrem Lehrer abgaben. Der war beeindruckt, als er die vielen Seiten des Manuskriptes sah. So kannte er die beiden Buben bisher gar nicht! „Da wart ihr aber fleißig, ich wusste gar nicht, dass ihr soviel Fantasie habt!" meinte er, was Sascha und Patrick dazu veranlasste, sich verschwörerisch anzugrinsen.

Seither lauerten sie täglich darauf, einen Kommentar des Lehrers über ihre Geschichte zu hören. Aber dieser schwieg eisern auf ihre Fragen und verwies nur darauf, dass noch nicht alle Aufsätze gelesen seien. Auch den Wawittel hatten sie noch einige Male besucht und ihn dabei überredet, seine Suche fortzusetzen. „Vielleicht findest du doch noch einen anderen Drachen" drängte ihn Sascha, der es nicht ertragen konnte, den Freund so einsam zu sehen. „Ich habe doch schon überall gesucht" wehrte der Drachen ab. „Dann such noch mal. Wenn du dich hier verkriechst wirst du niemals eine Frau finden!" prophezeite Sascha. Schließlich gab Wawittel nach. Schon wenige Tage später wollte er sich auf den Weg machen. „Und ihr passt mir inzwischen auf das Jagdhaus auf!" bat er und die beiden versprachen ihm, so oft es ginge nach dem Rechten zu sehen.

Endlich war es soweit. Der Rektor trat hinter das Rednerpult, das Stimmengemurmel senkte sich und verstummte ganz, als er die Schüler begrüßte. In seiner Ansprache erinnerte er an die Wittelsbacher, die Burg und an Marie Pettenbeck. „Wartenberg hat eine aufregende Vergangenheit" stellte er fest und mahnte; „wir müssen verhindern, dass diese in Vergessenheit gerät! Die Schule hat mit der neuen Namensgebung nach Marie Pettenbeck einen wichtigen Schritt dazu getan. Heute weiß ich, dass auch ihr auf dem guten Weg seid, den wahren Wert des Lebens zu erkennen. Eure Aufsätze sind der Beweis dafür. Ihr habt euch mit der Geschichte eures Ortes auseinandergesetzt!" Er verstummte kurz, sein Blick schweifte über die Schülerinnen und Schüler. „Den besten Aufsatz" rief er nun mit erhobener Stimme und die Spannung der Kinder stieg „haben zwei Burschen unter euch abgeliefert. Diese beiden haben nicht nur bewiesen, dass sie echte Wartenberger sind, sie haben außerdem den besten und spannendsten Aufsatz geschrieben, den ich je gelesen habe! Sascha und Patrick, kommt beide nach vorne und holt euch euren Preis ab!" Jubelnd sprangen die beiden von ihren Plätzen auf und eilten nach vorne zum Rektor. Unter dem Beifall ihrer Mitschüler nahmen sie ihren Preis entgegen. Der Rektor und die Lehrer schüttelten ihre Hände. Dann durften sie sich vorne auf dem Podium wieder setzen und zuhören, während der Rektor selbst den Schülern die Geschichte vom Geist der Wittelsbacher vorlas.

◊

Wawittel fühlte sich vogelfrei. Friedlich lag das Land unter ihm, sein Weg führte über hohe Berge und tiefe Täler, er sah malerische Seen, große Städte und breite Flüsse. Er folgte der Sonne. Weit im Westen, jenseits des großen Wassers das am Ende dieses Kontinents auf ihn wartete, lag ein großes Land. Amerika hieß es und die Kinder hatten ihm geraten, sich dort auf die Suche zu machen. Das Land sei noch jung, die Menschen besiedelten es erst spät. Lebten dort noch Drachen? Wawittel wusste es nicht. Doch er fühlte und hoffte, dass sein eingeschlagener Weg der richtige war. Seine Zukunft stand noch nicht geschrieben.

ENDE

Wawittel vor der Nikolaikapelle

Nachwort

Die Idee zu diesem Buch entstand, als ich mich im Juli 2009 anlässlich des geplanten Bürgerentscheids zum Wittelsbacher Jagdhaus in Wartenberg näher mit der Geschichte des Hauses und des Ortes selbst befasste.

Bei der Lektüre der für mich über das Medienzentrum schnell greifbaren Bücher über das Thema wurde mir schließlich der tatsächliche Wert dieses Gebäudes bewusst. Ich erkannte, dass dieser sich nicht in Euro oder Cent messen lässt, sondern es sich vielmehr um eine Kostbarkeit handelt, die mit Geld nicht aufgewogen werden kann: das Wittelsbacher Jagdhaus steht für die Vergangenheit und die Geschichte des Ortes. Als eines der wenigen verbliebenen Relikte aus dem Mittelalter beherbergte es nicht nur über viele Jahrhunderte Herzöge und Kurfürsten, sondern ist vielmehr ein Ort, in dem bis in die heutige Zeit der ‚Geist der Wittelsbacher' weiterlebt.

Diese Tatsache scheint jedoch heute viel weniger zu wiegen als die Frage nach dem Geld. Auch das unermüdliche Engagement der Mitglieder des „Vereins Wittelsbacher Jagdhaus" wird letztendlich immer mit der gleichen Frage zu demontieren versucht: „Wer soll es bezahlen?". Selbst heute, wo ein fundiertes Sanierungs- und Nutzungskonzept besteht, klare Zahlen und Fakten vorliegen und schließlich sogar eine konkrete Zusage der Städtebauförderung, die 60% der zuschussfähigen Kosten übernehmen würde (und damit insgesamt 50% der Gesamtkosten - vorausgesetzt die Sanierung wird umgesetzt), wird die Erhaltung des Hauses weiterhin von einigen Menschen im Ort intensiv boykottiert.

Nachdem ich mir ein umfassendes Bild von der Geschichte des Ortes in der Zeit zwischen dem 11. Jahrhundert und der Gegenwart gemacht habe stellte sich mir die Frage, ob die gespaltene Meinung über die Frage der Erhaltung vielleicht darin begründet liegt, dass sich viele Bürger des Ortes über dessen Vergangenheit und über die Zusammenhänge nicht wirklich bewusst sind. Ich überlegte, ob hier ein Buch Abhilfe schaffen könnte, das einerseits aufklärt, andererseits leichter lesbar ist als die vorhandenen historischen Berichte, die zum Teil noch in altdeutscher Schrift abgefasst sind.

Und so habe ich mich an das Werk gemacht. „Der Wawittel" ist – wie schon an dem Drachen zu erkennen – eine fiktive Geschichte. Doch das geschichtliche Gerüst selbst entspricht den gegebenen Tatsachen. Die Fakten dazu stammen ausschließlich aus den nachstehend aufgeführten Quellen. Nicht immer waren diese eindeutig, in so einem Fall habe ich mir erlaubt, für mich eigene Schlüsse aus dem Geschriebenen zu ziehen. Sollten mir dabei Fehler unterlaufen sein, bitte ich dies zu entschuldigen – die Zeit für meine Recherchen und das Schreiben des Buches reduzierte sich auf wenige Wochen, da ich die Geschichte noch vor dem Bürgerentscheid beendet haben wollte. Auch die Dialoge und Charaktere der einzelnen Personen sind rein fiktiv und manchmal die Geschichte ausgeschmückt – auch wenn es diese Personen im Wesentlichen tatsächlich gegeben hat und sich die Geschichte in einigen Fällen auch so oder so ähnlich abgespielt haben mag.

Wie die Geschichte des Wittelsbacher Jagdhauses weitergehen mag wird die Zukunft zeigen. Ich möchte jedoch fest daran glauben, dass die Bürger des Ortes den wahren Wert des Hauses erkennen und das Haus – und damit den ‚Geist der Wittelsbacher' – in Wartenberg erhalten.

Karin Heisig

Quellen:
„Kurze Chronik des Marktes Wartenberg in Oberbayern", J. B. Prechtl
„Wartenberg und die Wittelsbacher", Herausgeber Alfred Dreier
„Die Wittelsbacher in Lebensbildern", Hans und Marga Rall

Illustrationen:
Karin Heisig

Postskriptum

Am 27. September 2009 haben sich bei einem Bürgerentscheid die Mehrheit der Bürger des Marktes Wartenberg gegen eine Sanierung des Wittelsbacher Jagdhauses mit Mitteln der Gemeinde Markt Wartenberg ausgesprochen.

Die bereits bewilligten Mittel aus der Städtebauförderung sind dadurch hinfällig und verloren.

Das Schicksal des Hauses bleibt somit ungewiss.

Karin Heisig